LE MOULIN DES RÊVES

Originaire de Clermont-Ferrand, Antonin Malroux a déjà publié *La Dernière Estive*, *Le Soleil de Monédière* et *La Noisetière*. Il est également l'auteur d'ouvrages de poésie.

Paru dans Le Livre de Poche

LA NOISETIÈRE

ANTONIN MALROUX

Le Moulin des rêves

ROMAN

ALBIN MICHEL

© Editions Albin Michel S.A., 2000.

1

Antoine Raudier n'avait plus qu'un désir : raconter sa vie à son fils Jacques. A cinquante-cinq ans, Antoine savait que ses jours étaient comptés.

Pourtant, un an auparavant, il dirigeait encore la boulangerie-pâtisserie, dans le quartier des Terreaux, à Lyon. Deux ouvriers et une vendeuse à temps partiel. Le décès de sa femme, cinq ans plus tôt, en 1992, avait failli l'anéantir, mais à force de volonté, il avait réussi à remonter la pente. A l'enseigne de La Bonne Pâte, la boulangerie tournait bien.

Et puis il y avait eu ce cancer. Et depuis plus d'un mois qu'Antoine Raudier était au service de soins intensifs, chaque jour son fils venait s'asseoir près de lui, avec une tendre maladresse.

Son fils ! Antoine avait toujours espéré qu'il lui succéderait un jour. Il avait hérité de l'affaire de son père qui la tenait lui-même du sien, un descendant des canuts de Lyon qui s'étaient insurgés en 1831. Le duc d'Orléans et le maréchal Soult étaient venus rétablir l'ordre, et leur ancêtre avait fait partie des ouvriers qui furent acquittés à Riom, en juin 1832. La famille Raudier en tirait une certaine fierté.

Quand Jacques avait à son tour appris le métier, son avenir semblait tout tracé. Et pourtant il n'avait jamais travaillé chez son père. Pour son apprentissage, c'est Antoine qui avait préféré qu'il se forme chez un autre artisan. Par la suite Jacques avait choisi la boulangerie industrielle et cela n'était pas du tout du goût de son père. Cette histoire de succession refusée avait empoisonné leurs relations, et cela avait empiré à la mort de la mère de Jacques. Il avait fallu cette maladie pour les rapprocher. Jour après jour, un lien nouveau, une proximité, qu'ils ne soupçonnaient pas, s'était instaurée entre le père et le fils. Jacques savait qu'il allait perdre son père, et il le questionnait sans relâche sur son passé.

Un après-midi, alors que, sous l'action des tranquillisants, les douleurs semblaient lui laisser un peu de répit, Jacques, pour le distraire, demanda à Antoine de lui raconter un souvenir de jeunesse vraiment important pour lui.

Son père le regarda avec attention, un long moment, puis se lança :

— J'avais dix-huit ans lorsque mes parents m'emmenèrent avec eux pour une réunion d'artisans-boulangers en Auvergne. J'étais un vrai « gone » de Lyon, tout me séduisit : le village aux maisons de pierre, l'accueil à l'hôtel des Tisons... Je ne sais pas ce qui s'est passé, mais, au moment de partir, j'ai demandé à mes parents si je pouvais rester quelques jours de plus. Ils ne savaient que répondre, quand l'aubergiste, qui nous avait entendus, proposa un tarif de pension complète alléchant. Bref, ils acceptèrent, tout en demandant aux boulangers du village, les Peyroux, de garder un œil sur moi.

— Comment s'appelait cet endroit ?

— Attends, ça va revenir... C'était à la mi-août, et en fait de quelques jours cela a duré presque un mois. Le fils du boulanger, Georges, devint mon ami et, grâce à lui, j'ai rencontré les jeunes du village...

Ce jour-là, Antoine dut s'arrêter de raconter, la fatigue l'accablait et l'infirmière écourta la visite. Dans le couloir, elle rattrapa Jacques pour lui parler. Son père fai-

9

blissait de jour en jour, le traitement s'alourdissait. Il fallait s'attendre au pire.

Travaillant très tôt le matin, Jacques était libre tous les après-midi. En arrivant à l'hôpital le lendemain, il était très inquiet. Son père allait mourir, il le savait, mais n'admettait pas que l'échéance fût si proche.

Quand il entra dans la chambre, son père l'attendait comme d'habitude, le bras encombré de perfusions.

— J'ai retrouvé le nom du village, dit Antoine. Chante-Perdrix.

— Chante-Perdrix ! C'est un beau nom...

— C'est bien autre chose qu'un nom. Comment te dire...

— Tu n'es pas obligé de tout me raconter aujourd'hui, papa. On a tout le temps, tu sais.

— Je crois au contraire qu'il ne me reste pas beaucoup de temps, dit Antoine en esquissant un sourire.

Puis, après un silence :

— J'ai rencontré là-bas une jeune fille, elle s'appelait Mathilde.

Jacques acquiesça de la tête, comme pour lui dire : Continue sans crainte.

— Je suis devenu amoureux fou de Mathilde, tout de suite. Elle m'a chaviré le cœur. Jamais, de toute ma vie par la suite, je n'ai vu une femme aussi belle. Il y avait des grains d'or dans ses yeux. Des grains d'or...

— Que s'est-il passé ?

— Je lui ai écrit des dizaines de lettres et, malgré ses promesses, elle ne m'a jamais répondu. Je n'ai jamais cessé de l'aimer. Plus tard, j'ai épousé ta mère.

Antoine se tut un instant, puis il reprit :

— Le Cantal, c'est bien loin. A l'époque, on ne voyageait pas comme aujourd'hui. L'Auvergne était une région inconnue des Lyonnais, et je crois qu'elle l'est encore. Ici, nous sommes orgueilleux ; là-bas, ils sont fiers. La vie est rude et beaucoup ont dû s'expatrier à Paris. Mais ils reviennent tous finir leurs jours au pays.

Il s'essoufflait.

— Il y avait le moulin des Loches, c'était notre territoire... Je te raconterai. Un coin de terre que je voulais, pour Mathilde et moi. On avait des idées, on avait des rêves, mais les rêves, mon fils, c'est pour ceux qui...

Il s'arrêta. Jacques prit la main de son père qui semblait l'attirer.

— Ça va aller, papa, ça va aller.

De grosses larmes mouillaient les yeux du malade. Jacques les épongea délicatement avec un coin du drap, ne sachant que faire.

Il y eut encore quelques mots, si faiblement prononcés :

— Pardon, Jacques, mais Mathilde,

c'était... comprends-tu ? C'était... c'est toujours...

Ce furent les dernières paroles d'Antoine Raudier. Jacques tenait toujours la main de son père, qui sombrait dans un coma profond. Il sentit cette main se relâcher tout doucement. Deux jours plus tard, Antoine Raudier était mort.

Jacques Raudier fut terriblement affecté par ce deuil, bien plus qu'il ne l'aurait imaginé. Du jour au lendemain, il se sentit perdu, privé de ses points de repère. Il n'y avait plus personne, maintenant, pour servir de rempart naturel entre lui et la mort. Et cette découverte en amena une autre : il se demanda si lui, Jacques, avait vraiment vécu jusqu'ici... Son père avait eu son amour. Lui, il lui semblait qu'il n'y avait jamais rien eu dans son cœur.

L'administration bloqua les comptes de l'entreprise paternelle. Jacques se sentait très loin de tout cela. Le notaire de la famille, Me Chastal de Valiorgue, fit le nécessaire pour que l'entreprise, très saine, pût fonctionner dans l'attente du règlement de la succession.

Le plus ancien ouvrier d'Antoine Raudier, Pierre Durare, fit une proposition pour le rachat de la boulangerie mais, à la surprise de tous, Jacques annonça qu'il prendrait la succession de son père, et qu'il comptait assurer la continuation de l'affaire familiale.

Jacques avait très tôt habité seul. Cette liberté, il l'avait voulue, car le couple que formaient son père et sa mère ne lui convenait pas. En ce temps-là, il n'aurait pas pu répondre à la question : aimez-vous vos parents ? Il ne le savait pas.

Aujourd'hui, quelque chose de nouveau prenait corps en lui. Il pensait sans cesse aux propos que lui avait tenus son père pendant les derniers jours de sa vie. Chose étrange, à aucun moment Antoine Raudier ne lui avait parlé de son épouse, la mère de Jacques, mais du travail, de l'ancêtre canut, de son enfance, sans oublier l'O. L. — l'Olympique Lyonnais — dont il avait toujours été un fidèle supporter. Mais la plus belle histoire demeurait celle de son rêve : une terre, un moulin quelque part, à Chante-Perdrix. Et il n'oubliait pas que les derniers mots d'Antoine Raudier avaient été pour Mathilde.

La carte routière déployée prenait toute la place sur la table.

— Que cherches-tu ? demanda Violaine, sa compagne.

— Le Cantal. Au sud de Clermont-Ferrand. Voilà... Aurillac ! Ce doit être par là, l'Auvergne, mais ça fait une trotte tout de même.

— Aurillac, à la météo, ils disent toujours que c'est l'endroit le plus froid. Ça t'intéresse ?

— Le Cantal m'intéresse. C'est une histoire entre mon père et moi.

2

Par la route, trois cent cinquante kilomètres séparaient Lyon d'Aurillac.

Jacques avait eu du mal à localiser le village : Chante-Perdrix existait bien, mais ce n'était qu'un hameau de la commune de Mirepaille.

La voiture dévorait les kilomètres. Saint-Etienne, Thiers, Clermont-Ferrand, puis l'A 75, direction plein sud. Jacques n'avait aucune idée de l'Auvergne. Pendant son enfance et son adolescence, la famille se rendait dans le Midi, à Sainte-Maxime. Quant aux vacances d'hiver, ils les passaient à Megève et La Clusaz. Les choix de ses parents étaient devenus des habitudes.

A Massiac, il quitta la voie rapide et se laissa prendre par la vallée de l'Allagnon. Le paysage se resserrait. A droite, il devina un panneau : Allanche. Il se rappela un reportage sur l'estive — la migration saisonnière du bétail — qui partait de là pour rejoindre les vastes espaces des hautes terres.

Murat, Vic-sur-Cère... Chaque point sur la carte prenait vie, couleurs, volume. Les troupeaux de vaches Salers avaient retrouvé les prairies, premières sorties après la fonte des neiges.

C'était le mois de mai, la terre renaissait.

Jacques pensa à son père, à ce secret qu'il avait si jalousement gardé jusqu'au dernier jour. Il fut pris d'un remords. Ce n'était pas son histoire à lui ; peut-être pénétrait-il un territoire interdit.

Il était midi quand il arriva à Aurillac, « le cœur du pays vert », comme l'affirmaient les panneaux publicitaires. Dans le centre-ville, il fit le tour d'un magnifique jardin et gara sa voiture. Un bon déjeuner serait le bienvenu. Il trouva ce qu'il souhaitait face au jardin.

Il choisit une truffade, après qu'on lui eut assuré que c'était le plat régional par excellence, et un fromage de Cantal, le tout arrosé d'une bouteille de Cahors. Ce repas le mit d'accord avec les « Cantalous ». Ce qui le surprenait le plus chez ces gens, c'était leur accent, qui avait quelque chose de méridional et qui annonçait l'Aquitaine.

Il déplia sa carte routière et prit ses repères pour les derniers kilomètres.

16

Mirepaille se présenta à lui d'un seul coup, avec sa rue principale et ses petits commerces. Quelques maisons aux volets clos, quelques panneaux « A vendre » lui rappelèrent que le dépeuplement du monde rural n'était pas achevé. Il traversa le bourg et repéra un hôtel-restaurant dont la terrasse ouvrait sur une petite place et qui portait fièrement l'enseigne : LES TISONS.

Jacques Raudier réserva une chambre pour la nuit, déposa son bagage et partit marcher au hasard, ne voulant poser aucune question à l'hôtelier.

Le soleil était chaud en ce début d'après-midi. De vieux jardiniers, occupés à leur carré de légumes, sarclaient ou bêchaient quelques semis printaniers. Deux ou trois vieilles parlaient du temps et des travaux de saison. Elles firent semblant de ne pas voir Jacques, mais il se sentait observé. Des chats se chauffaient sur les murs, près d'arbres fruitiers colorés de rose ou de blanc. Deux ou trois chiens aboyèrent à son passage.

Une épicerie, avec étalage de fruits et légumes à l'extérieur, jouxtant un café-tabac, animait cet angle de rue. Plus loin, une minuscule librairie-papeterie, distributeur officiel de *La Montagne,* étalait ses journaux sur un vieux présentoir qui avait apparemment essuyé bien des tempêtes de pluie et de neige, et la chaleur cuisante des soleils d'été.

Jacques souriait en découvrant ce petit coin du monde qu'il ignorait deux heures plus tôt. La boulangerie-pâtisserie, flanquée de son enseigne : PEYROUX & FILS, apparut soudain. Plus loin, il se trouva face à l'école communale. Une bonne et solide école, classe des filles et classe des garçons nettement spécifiées par une inscription sur le fronton, avec la mairie au centre. Jacques enregistrait chaque détail avec l'acuité des premiers regards.

Des odeurs de terre, de murs chauds, de fermes proches lui parvenaient. Ce n'étaient pas les odeurs de Lyon. Un vieil homme marchait lentement, s'appuyant parfois à un mur. Dans les cours ou près des maisons, quelques voitures étaient garées n'importe comment. Pas de problèmes de stationnement ici. Il se dirigea vers le vieillard et lui demanda où se situait le moulin des Loches.

— Y a pas de moulin de ce nom-là ici, monsieur. Non, y a pas de ce nom-là, je le connaîtrais.

— Peut-être s'agit-il d'un autre moulin ? Je n'ai pas d'autres précisions.

— Je n'en connais qu'un seul ici, mais il ne fonctionne pas depuis longtemps.

— Pouvez-vous me dire où il se trouve ?

— Prenez donc cette route là-bas, dit

l'homme en montrant la direction avec le bâton qui lui servait de canne, vous ne pouvez pas le manquer, c'est au bord du ruisseau.

Jacques remercia. Le vieux marmonna quelques mots et reprit sa lente promenade, tout en se retournant de temps en temps pour observer l'étranger.

Le temps, décidément, était beau : Jacques décida de continuer à pied. Il regrettait seulement de n'avoir pas pris de vêtements plus légers. Il passa devant une pharmacie, un salon mixte de coiffure, une boucherie-charcuterie, et tout de suite se retrouva hors du village.

Ce n'était pas souvent qu'il marchait ainsi, en pleine campagne. Il découvrit le ruisseau qui devait le conduire au moulin. Le bord de la route foisonnait de pousses nouvelles et les coucous commençaient déjà à se faner dans les prés. L'eau chantait dans les rases et gazouillait en se frottant aux herbes. Des oiseaux s'envolaient à son passage.

Il pensa à Violaine qui devait être derrière son écran d'ordinateur, au bureau, là-bas, dans le centre commercial de La Part-Dieu. Là-bas le minéral, l'artificiel, l'inerte ; ici, la vie sous toutes ses formes.

Une bâtisse surgit devant lui, à quelque vingt mètres du ruisseau, qui pouvait être le moulin. Une construction très ancienne, au toit recouvert de tuiles rouges ; des arbres tout autour, une maison, et un peu plus haut ce qui était peut-être une ferme. Il s'arrêta un instant. « C'est donc ici », murmura-t-il. Il s'engagea sur le chemin qui y conduisait ; il sentait son cœur battre plus fort dans sa poitrine.

Le moulin était à l'abandon ; les herbes et les ronces grimpaient sur ses flancs. Le verger voisin, tout rose de fleurs nouvelles, offrait un contraste délicieux avec les vieilles pierres. Le chemin enjambait le ruisseau par un joli pont de pierres. L'eau très claire se faufilait entre les cailloux, filant tantôt sous des herbes du bord, tantôt heurtant de face un petit rocher en provoquant un clapotis.

Le moulin avait perdu le bois des pales depuis longtemps. Seul demeurait un axe rouillé et dévoré par le temps. Le mur qui le supportait n'était plus qu'un amas de pierres recouvert par la végétation. Portes et fenêtres closes, le moulin n'attendait personne depuis bien des lustres. L'absence de traces sur le chemin montrait bien qu'il ne servait plus depuis longtemps.

Des bruits de travaux parvenaient jusqu'à Jacques, sans doute de la ferme voisine. Il contourna la construction et découvrit un très vieil homme assis sur un banc, contre le mur. On aurait pu penser qu'il était mort, tant son immobilité était parfaite, mais il somnolait simplement au soleil.

A quelques mètres des murs, stagnait une grande réserve d'eau qui devait arriver par le bief et se déverser dans les aubes de la grande roue. A en juger par les canards qui y barbotaient tranquillement, on devinait que cette eau n'avait pas été renouvelée depuis longtemps.

Le vieil homme ouvrit les yeux et sursauta en apercevant Jacques.

— Ils sont par là-haut, dit-il, embarrassé, à la ferme. Vous les trouverez.

— Je ne cherche personne, répondit Jacques avec un sourire. Je me promène, simplement.

— Ah ! bon, je pensais...

— C'est bien le moulin des Loches, ici ?

— Oui, il n'y a qu'un moulin ici, et c'est celui-là, on l'appelle souvent le moulin du vieux meunier, parce que je ne suis pas jeune, comme vous voyez.

— Excusez-moi de vous avoir réveillé.

— Oh ! je ne dormais pas... Quand il fait beau, comme aujourd'hui, je viens me poser là, vous comprenez. C'est chez moi ici, c'est mon moulin.

— Ce devait être un beau moulin !

— Vous pouvez le dire ! Mais aujourd'hui c'est une ruine, il est comme moi ! Il sert de remise !

Il sourit, et il y avait dans ce sourire une surprenante jeunesse. L'homme avait certainement plus de quatre-vingts ans, mais il s'exprimait facilement. Sous le banc, deux chats — l'un noir, l'autre blanc —, blottis l'un contre l'autre, n'avaient pas bougé.

Jacques Raudier avait bien des questions à poser, mais il hésitait.

— Cela fait combien de temps qu'il ne fonctionne plus ? dit-il en désignant le moulin.

— Plus de quarante ans, je pense. Mais il pourrait marcher encore : faudrait installer une roue, le mécanisme est toujours en état. Rien n'a été touché depuis.

— C'est le progrès qui l'a tué.

— Faut s'y faire, mais autrefois on vivait bien ici ; il y avait du travail pour tout le monde. Aujourd'hui, encore heureux qu'on ne m'envoie pas à l'hôpital !

— Vous êtes chez vous, rien ne vaut un chez-soi.

— C'est bien vrai, et j'ai été heureux ici, oui...

Jacques Raudier se rapprocha de l'homme et lui tendit la main.

— Au revoir, monsieur. Peut-être à demain...

— Hé bé, peut-être..., répondit l'homme en refermant les yeux.

Jacques contourna le verger, franchit la

haie et gagna le bord du ruisseau. Des grappes de moustiques dansaient au-dessus des touffes d'herbes hautes et l'air pur du printemps enivrait le voyageur. Jacques, tout au bord de l'eau, espérait surprendre quelques poissons sur les rares fonds de sable, lorsqu'un pêcheur à la ligne apparut.

— La pêche est bonne ?

— Je n'ai encore rien pris, bougonna l'homme. Et, si vous traînez sur le bord, c'est pas la peine que je continue.

— Je regardais juste s'il y avait des loches.

— Des loches ? On voit bien que vous n'êtes pas d'ici. Quand j'étais enfant, il y en avait, bien sûr. Autrefois, oui, mais aujourd'hui, tout ça a disparu. Quelques truites au printemps, et encore !

— La pollution ?

— La pollution et le braconnage !

L'homme à la gaule s'éloigna au moins de cinquante mètres sans mettre sa ligne à l'eau, puis il recommença.

Jacques se retourna vers le moulin, pensif. L'eau du ruisseau murmurait inlassablement. Jacques avait cassé une jeune tige de coudrier et la triturait sans savoir que faire.

Il rejoignit le bourg et, en passant devant la boulangerie, y jeta un coup d'œil. Personne. Comme il allait repartir, un homme, de la fenêtre au-dessus, lui demanda :

— Vous avez besoin de quelque chose ?

Jacques hésita, puis il dit :

— Je cherche Georges Peyroux.

— Je descends.

L'instant d'après, la porte s'ouvrit.

— Je suis Georges Peyroux, précisa l'homme.

— On ne s'est jamais rencontrés, dit Jacques, mais je voulais vous parler. Je suis le fils d'un de vos amis d'enfance : Antoine Raudier.

L'homme eut un moment d'hésitation.

— Antoine, de Lyon ?

— Oui, Antoine Raudier, de Lyon.

— Quelle surprise ! Et comment va-t-il ?

— Mon père est mort au mois d'avril.

— Je suis désolé, excusez-moi.

— Vous ne pouviez pas savoir. Il m'a parlé de vous, avant de mourir, monsieur Peyroux.

— On ne va pas rester là, venez. On sera mieux chez moi, en haut.

Jacques suivit Georges à l'étage.

— Ma femme est sortie un moment. Asseyez-vous, vous prendrez bien quelque chose ? Alors comme ça, vous êtes le fils d'Antoine ! Quelle surprise ! On ne s'était jamais revus. La vie, vous savez...

Il paraissait préoccupé ; visiblement, il ne s'expliquait pas la présence du jeune homme. Jacques le perçut et lui expliqua très vite le but de sa visite.

— Mon père m'a raconté son été ici, son mois de vacances, et m'a beaucoup parlé de vous.

— Oui, nous avons été amis dès la première rencontre, même si... Enfin, je vous l'ai dit : nous ne nous sommes pas revus.

Ce n'était pas cela qu'il avait voulu dire. Jacques le sentit, et risqua :

— Et puis, il y avait Mathilde...

Georges ne répondit pas tout de suite. Avait-il même entendu ?

— Mathilde..., dit-il enfin. Bien sûr, Mathilde.

— Je suis venu pour voir le moulin des Loches, dit Jacques, comme s'il voulait changer de sujet. Mais ici, apparemment, on ne le connaît pas sous ce nom-là.

— C'est votre père qui l'avait baptisé ainsi. Le moulin des Loches, c'est le moulin de la Rivole ; c'est le nom du ruisseau qui passe là. Ce moulin a été un endroit merveilleux pour lui, pour nous.

— Pour Mathilde aussi ?

— Certainement, la pauvre Mathilde...

Jacques n'insista pas et Georges Peyroux reprit :

— Alors, Antoine est mort...

Jacques lui parla du mal qui avait emporté son père. Il parla aussi de sa mère. Il avait fallu cette maladie pour qu'il découvre sa jeunesse. Mais Georges ne comprenait pas le sens de sa venue en Auvergne et paraissait inquiet.

— Je suis un peu surpris que vous ayez fait ce voyage, mais je vous parlerai volontiers de cette amitié entre votre père et moi, si vous le voulez. Avez-vous un peu de temps ?

— Je repars demain, j'ai réservé une chambre aux Tisons. C'est bien court, je sais, mais...

— Ecoutez, venez dîner ce soir. Ma femme sera ravie. En réalité, je suis vraiment content de vous voir. Antoine a-t-il eu d'autres enfants ?

— Non, je suis fils unique.

— Savez-vous que vous lui ressemblez ? Il était beau garçon, votre père. C'était la coqueluche des filles, ici.

Il souriait.

— Et qu'est-ce que vous faites, dans la vie ?

— Je suis boulanger, mais pas artisan. Je travaille dans une boulangerie industrielle.

— Vous êtes quand même de la « boulange » comme votre père et moi. Ce n'était pas ça que je voulais faire quand j'étais jeune, et puis vous voyez... Vous avez bien fait de venir, Jacques. A ce soir, alors.

Quand il se retrouva dans la rue, Jacques éprouva une vague angoisse dont il ne comprenait pas la raison. Il regagna son hôtel.

S'apercevant que son pantalon et ses chaussures étaient maculés de terre, il se changea, puis eut envie de prendre une bière en attendant l'heure du dîner chez Georges, tout en feuilletant *La Montagne*.

Soudain, son regard fut attiré par un tableau au mur, représentant un moulin magnifique sous la lumière de l'été.

— Un beau tableau, fit le patron.

— Oui, répondit Jacques, un peu troublé.

— C'est notre moulin, le moulin de la Rivole.

— Oui, je l'ai vu tout à l'heure. Il n'est plus dans le même état.

— Autrefois, c'était comme ça. J'ai vu la grande roue tourner, c'était quelque chose !

— Il y avait déjà le verger et les rosiers sur le côté ?

— Il me semble bien, en effet. C'est une fille de chez nous qui est peintre, elle fait des belles choses. Il vous intéresse ?

Jacques ne répondit pas, absorbé par ce qu'il voyait. Là, fixé sur la toile, se trouvait le rêve de son père et de Mathilde.

— J'en ai un autre dans la salle d'à côté, si vous voulez le voir...

Jacques suivit l'homme. Le deuxième tableau était une vue en hiver. Le moulin sous la neige était comme un morceau d'éternité.

Jacques resta un long moment silencieux ; il était subjugué.

S'arrachant à sa rêverie, il demanda à son hôte où se trouvait Chante-Perdrix.

— C'est le hameau sur le plateau, au-dessus du moulin, répondit l'homme en lui désignant la direction. Il y a une grosse ferme, la plus importante de chez nous, parce qu'elle a englobé celles des voisins. Le nombre des fermes diminue, mais leur taille augmente. Il y a trente ans, nous étions neuf cents habitants dans la commune, aujourd'hui nous ne sommes plus que la moitié.

Jacques, désormais, avait une image en tête qui l'obsédait, une image de soleil, de vie, de quiétude. Il téléphona à Violaine et lui raconta sa journée. Elle allait passer la soirée chez des amies, elle était pressée, elle l'écouta à peine.

Elle n'aime pas ceci, elle déteste cela ; décidément, nous partageons peu de choses, pensa Jacques. Même pas un appartement...

Puis il s'inquiéta de trouver des fleurs pour Mme Peyroux. A l'épicerie moderne il dénicha une plante en pot. Ça irait.

Georges le fit monter tout de suite à l'étage. Alice Peyroux lui affirma qu'elle se souvenait un peu de son père, ce qui lui fit plaisir.

— Toutes les filles étaient amoureuses d'Antoine, dit-elle, en regardant son mari du coin de l'œil. Je crois que vous lui ressemblez un peu, pas vrai Georges ?

— Antoine et moi avions dix-huit ans, répondit celui-ci. Le bel âge...

— Passons à table, fit Alice. Vous aurez le temps de vous dire tous vos secrets.

Au mur de la salle à manger, aussi, il y avait un tableau du moulin.

— Décidément, ce moulin me poursuit ! s'exclama Jacques. C'est le troisième que je vois aujourd'hui ; il y en a deux autres aux Tisons.

Il l'observa un moment.

— C'est l'automne, cette fois. Il doit bien y avoir quelque part un tableau du printemps... Quel talent !

— Avec un tel décor, c'est peut-être plus facile. Connaissez-vous l'Auvergne ?

— Non, c'est la première fois de ma vie que je viens. Je la découvre, comme mon père l'a fait un jour.

Georges et Alice formaient un couple charmant. Ils menaient leur affaire de boulangerie-pâtisserie comme Antoine Raudier le faisait à Lyon. Même travail, mêmes préoccupations, et ceci occupa une grande partie de la conversation. A la fin du dîner, Alice, discrètement, les laissa seuls au salon.

— Vous vous demandez pourquoi je suis ici aujourd'hui, alors que mon père n'est jamais revenu ? commença Jacques.

— A vrai dire, oui, un peu..., répondit Georges Peyroux avec soulagement.

— Avant de mourir, mon père m'a confié quelques secrets...

Georges attendait la suite.

— Vous devez savoir pour Mathilde ?

— Bien sûr que je sais. Votre père était amoureux de Mathilde, amoureux fou. Jamais je n'ai vu deux êtres s'aimer ainsi.

— Comment était-elle ?

— Votre père disait que c'était la plus belle fille du monde et il avait raison. Mince, un sourire magique que nous voulions tous embrasser, mais seul votre père eut ce privilège. Quant à ses yeux...

— Ils étaient parsemés de grains d'or, c'est ça ?

— C'est ça, oui, sourit Georges. Elle avait des yeux d'or. Votre père vous l'a bien décrite. Pourquoi l'a-t-il abandonnée ?

Jacques reçut la question comme une gifle. Tout d'abord, il ne comprit pas.

— Que dites-vous ?

— Ne vous fâchez pas, mais il l'a quand même laissée tomber après son départ !

— Ce n'est pas ce qu'il m'a dit. Sans quoi, je ne serais pas venu.

— Bah, tout cela est bien loin, reprit Georges, conciliant. Mais alors, pourquoi êtes-vous venu ? Cette histoire remonte à près de quarante ans.

— Mon père est mort à cinquante-cinq ans, il a travaillé toute sa vie, il a eu un fils qui ne voulait pas de sa succession... J'ai senti toute sa tristesse, alors je suis venu voir cet endroit qui l'avait tellement marqué... et les gens qu'il avait aimés.

Jacques, en effet, paraissait très ému. Il y eut un silence ; ce fut Georges qui le rompit :

— Il y a une porte mal fermée dans votre histoire, Jacques, une clef qui manque. Pourquoi n'a-t-il pas écrit à Mathilde ? Il le lui avait promis !

— Mon père a écrit des dizaines de lettres, auxquelles Mathilde n'a jamais répondu. Il n'a plus jamais eu de nouvelles...

Georges resta un moment rêveur.

— Je ne comprends pas ce qui a pu se passer, dit-il enfin. Mathilde a eu tant de chagrin ; elle est tombée malade, elle a failli mourir. C'est vrai, Jacques, vous pouvez me croire.

— Mon père aussi a été malheureux. Qu'est devenue Mathilde ? Pouvez-vous me le dire ?

— Est-ce bien utile de remuer tout ce passé ? Mathilde est toujours une amie.

Jacques fixait le tableau. Puis il reprit, plus calme :

— Mon père m'a raconté qu'avec Mathilde ils allaient souvent au moulin. C'était leur endroit ; mon père voulait l'acheter pour elle.

31

C'était son rêve, son espoir. Une terre pour eux deux, leur moulin, le bonheur ! Il lui avait promis.

— C'est vrai, je m'en souviens. On y croyait tous.

— Je ne sais pas pourquoi il m'a parlé de Chante-Perdrix...

— C'est le hameau où habitait Mathilde, dans la ferme de ses parents, sur le plateau qui domine le moulin.

Jacques prit sa tête entre ses mains et resta ainsi quelques minutes.

— Je suis désolé de vous avoir dérangé. Sincèrement. Nous ne saurons jamais la vérité.

Puis il fixa le tableau, imagina peut-être quelques silhouettes avec un doux zéphyr qui mettait du désordre dans les cheveux et les robes des femmes. Il pensa une seconde à ces quelques mots d'une vieille chanson que fredonnait son père devant le fournil : *C'est la faute du vent, si les jupons des filles se lèvent si souvent, plus haut que la cheville...* Il aurait voulu sourire, mais il ne le pouvait pas.

Il préféra changer de sujet :

— Et vous, demanda-t-il à son hôte, qu'avez-vous fait pendant toutes ces années ? Si ce n'est pas indiscret.

— Mes parents me pressaient de reprendre l'affaire familiale, répondit Georges, et j'ai fini par accepter. Entre-temps, Alice et moi nous nous sommes mariés et nous avons eu deux filles qui sont à Paris. Rien de bien original, vous voyez. L'une est mariée à un ingénieur des postes et l'autre est toujours célibataire ; elle aime trop sa liberté.

— Mon père aurait été content de savoir...
— Votre père a été mon ami, mais il ne l'était plus. Vous le comprenez, n'est-ce pas ?
— Non, je ne comprends pas. Il manque une clef, comme vous dites. Mon père et Mathilde n'ont pu se trahir ainsi, c'est impossible.
— J'aimerais penser comme vous, Jacques. J'aurais aimé savoir, il y a quarante ans...
— On ne refait pas le passé. Je suis heureux de vous avoir rencontré, je ne sais pas si nous nous reverrons demain, mais merci pour votre accueil et pardon pour le dérangement.
— Pas du tout. Vous avez bien fait de passer.

Jacques rentra à son hôtel, les idées embrouillées et le cœur meurtri. Quelque chose ne collait pas dans l'histoire.

Quand il pénétra dans sa chambre, il eut un moment de stupeur : le tableau du moulin était accroché au mur. Délicate attention de l'aubergiste, mais qui plongea Jacques dans une espèce de vertige. Il déchiffra la signature : Marjorie. Un peintre local inconnu mais de talent, pensa-t-il. Il avait encore les yeux fixés sur le tableau quand il s'endormit.

Le soleil matinal le salua au travers d'un volet mal fermé. Le petit déjeuner se prenait dans la salle.

— Je me suis permis de mettre le tableau dans votre chambre, dit l'aubergiste quand Jacques descendit. J'ai vu qu'il vous plaisait.
— Serait-il à vendre ?
— Oui. Trois mille francs, que je remets entièrement au peintre lorsque cela arrive, mais ce n'est pas fréquent.
— Je l'emporte ! Je déjeunerai ici. Je partirai en début d'après-midi.

L'air était encore un peu vif à cette heure mais c'était un beau matin de mai. Au-dessus du village, les premières hirondelles fendaient le bleu tendre du ciel. Jacques prit la route de Chante-Perdrix. Quelque chose s'opérait en lui. Il se surprenait à aimer au-delà de tout ces champs, ces prés, ces haies d'arbres aux mille verts, ces vaches rouges aux pâtures, ce relief un peu âpre et ce souffle d'air frais, et si riche d'odeurs.

Lyon et sa turbulence lui parurent soudain très loin. Il laissa le moulin sur sa gauche, et prit une route qui grimpait vers le plateau, allègrement mais fermement. Un panneau de l'Equipement lui indiqua qu'il était arrivé. De grands bâtiments modernes près d'anciennes maisons de pierres, quelques tracteurs, des engins énormes, rouges ou bleus — c'était ça, Chante-Perdrix. Des chiens vinrent à sa rencontre, le reniflèrent. Jacques leur parla doucement, ils s'écartèrent.

Il fit un grand détour pour rejoindre le groupe de maisons, ce qui lui permit de découvrir une petite chaumière dans un minuscule enclos qui entourait un jardin potager, et il décida que ce devait être la maison de Mathilde. La porte était close. Une cloche au loin sonna dix heures. Il aperçut une femme dans un jardin, penchée sur sa terre.

Il toussa un peu pour signaler sa présence. La femme releva la tête et le considéra avec une légère surprise.

— S'il vous plaît, madame, demanda-t-il, je voudrais un renseignement. Je cherche une dame, mais je ne connais que son prénom : Mathilde. Elle habite ou aurait habité ici...

— Mathilde Geneste ? Elle demeure au village, près de l'église. Autrefois elle vivait ici, avec ses parents. Il n'y a plus que sa mère, qui occupe la petite maison. On a acheté tout le hameau.

Mathilde était donc au village. L'avait-il croisée sans le savoir ?

Il redescendit à grands pas vers le bourg.

Dans la boulangerie, deux ou trois clientes attendaient en bavardant. Jacques scruta discrètement les visages.

Il était entré pour prendre congé de Georges Peyroux et de sa femme, après l'adieu un peu abrupt de la veille. Qui savait ce qui se passerait encore ?

— A bientôt, peut-être, dit-il à Georges en lui serrant la main. Je n'ai pas appris tout ce que je voulais.

Il contourna l'église et observa ses alentours. Il n'osa pas chercher Mathilde.

Après avoir déjeuné d'un civet de lapin, Jacques plia bagage, fit un chèque pour le tableau et rejoignit sa voiture, dont il ne s'était pas servi depuis son arrivée. Quand il s'en rendit compte, il se dit que, décidément, la vie ici était bien différente.

Il reprit une fois de plus la route du moulin, se gara et fit à pied les quelques mètres restants. Le vieil homme était là, sur son banc, avec ses chats.

— Comme ça, vous êtes revenu...

— Je vais partir, mais je voulais revoir ce moulin, dit Jacques.

— Il n'a rien d'extraordinaire, mais il

pourrait tourner encore. Voulez-vous que je vous montre l'intérieur ?

— Bien volontiers.

— D'où venez-vous ? On dirait que vous n'êtes pas de la région, vous avez un petit accent.

— Je suis lyonnais et, si je suis venu ici, c'est l'aboutissement d'une étrange histoire. On a chacun les siennes, n'est-ce pas ?

— Pour ça oui, chacun les siennes.

Ils descendirent au sous-sol et pénétrèrent à l'intérieur.

— C'est tout recouvert de poussière, vous voyez. On a déposé tant de choses ici, pour se débarrasser, qu'on n'y voit presque plus rien.

L'espace était séparé en deux parties par deux énormes piliers qui soutenaient le plafond, embarrassé de divers objets suspendus. La partie de droite contenait l'essentiel des appareils, celle de gauche, qui devait servir autrefois au stockage du blé ou de la farine, disparaissait sous un amas de formes indistinctes. Les piliers étaient des troncs d'arbres, équarris à la hache.

Jacques avait l'impression de redécouvrir un monde très ancien, très enfoui, rempli de signes qui lui étaient adressés et qu'il ne déchiffrait pas encore. Les meules, la potence, la trémie, les poulies, les courroies..., tout le subjuguait.

— C'est là que le grain passe et c'est ici que la mouture sort, expliquait le vieil homme, tout heureux de montrer le fonctionnement.

— Les meules sont énormes, dit Jacques. C'est un trésor que vous avez là !

— Vous voulez rire, ça ne vaut rien ! On ne peut rien tirer de tout ça ; aujourd'hui, les moulins modernes travaillent cent fois plus vite et cent fois mieux.

— Il pourrait être restauré, se visiter...

— Ça n'intéresse personne ici. J'ai voulu le vendre une fois, mais on s'est moqué de moi, alors je l'ai gardé. Il ne mange pas d'argent. J'ai toujours les droits d'eau, je les ai toujours conservés, peut-être pour les canards et pour les bêtes, et parce que c'est une chose difficile à obtenir de nos jours.

— Vous seriez vendeur, aujourd'hui ?

— Faudrait voir avec les enfants ; je ne commande pas tout seul, maintenant.

— Je disais cela comme ça... Merci pour la visite, en tout cas, et peut-être à une autre fois.

Quelques heures plus tard, il était à Lyon. A la boulangerie, tout allait bien. Jacques décida alors de se rendre à l'appartement de son père. Il ne l'avait pas fait une seule fois depuis l'enterrement d'Antoine.

Il se souvenait d'une malle bourrée de

vieux papiers de famille. Peut-être y trouverait-il ce qu'il cherchait ?

Il y passa la nuit. Chaque document, chaque facture, chaque papier d'assurance, il examina tout. Il y avait là de vieux livres scolaires ayant appartenu à son père. Des photos de famille s'étalèrent sur le plancher.

Mais rien qui concernât Mathilde. La malle était presque vide lorsqu'il s'aperçut que le vieux tissu qui la tapissait présentait un renflement. Il le déchira et trouva une pochette qu'il ouvrit avec fébrilité.

Il y avait trois enveloppes adressées à son père et postées dans le Cantal qui contenaient chacune une lettre envoyée par Antoine à Mathilde Geneste. Au dos de ces trois enveloppes non décachetées, il put lire chaque fois ces quelques mots : *Ne m'écris plus, je ne t'aime pas.* C'était signé : *Mathilde.*

Bouleversé par cette découverte, il pensa à son père, à Mathilde qui l'avait trahi... Pourquoi ?

Ainsi, elle lui retournait ses lettres sans même les ouvrir... Un jour, il les montrerait à Mathilde Geneste, il se le jura !

3

Moins de dix jours s'étaient écoulés depuis le voyage de Jacques, lorsqu'il reçut une lettre de Paris. Il s'agissait de quelques mots de remerciements signés Marjorie. L'en-tête précisait : « Atelier de Marjorie Peyroux ».

Pouvait-il s'agir de la fille de Georges Peyroux, celle dont son père disait qu'elle « aimait trop sa liberté » ? L'aubergiste lui avait bien dit qu'il s'agissait d'un peintre local. Il fallait lever le doute le plus rapidement possible. Jacques prit son téléphone. Une voix féminine lui répondit :

— Atelier de Marjorie, bonjour !

— Bonjour, je suis Jacques Raudier. Je viens de recevoir votre courrier, et...

— Bonjour, monsieur, je suis heureuse de vous entendre.

— J'aime décidément beaucoup votre

tableau. Me permettez-vous de vous poser une question ?

— Je vous en prie.

— Seriez-vous parente avec Georges Peyroux, le boulanger de Mirepaille ?

— Oui, c'est mon père.

— Nous avons dîné ensemble, lui et moi, il y a quelques jours. J'ai vu d'autres tableaux chez lui, mais il ne m'a rien dit.

— C'est sans doute que, comme tous les pères, il aurait préféré que je devienne avocate ou médecin...

— Je suis heureux de vous avoir appelée, parce que le moulin des Loches, je veux dire : le moulin de la Rivole, a une histoire qui me touche particulièrement. Une histoire de famille, si vous voulez, mais qui est d'abord l'histoire d'un rêve.

— Moi aussi, j'aime ce moulin, dit Marjorie Peyroux après un silence. J'y ai joué toute mon enfance. C'est sans doute pourquoi je le peins. Mais j'enseigne également. Vous ne venez jamais à Paris ?

Il y eut un nouveau silence, puis Marjorie reprit :

— J'ai une exposition qui se termine dans huit jours, rue de Rivoli. Peut-être y a-t-il une toile qui vous plairait.

Jacques réfléchissait très vite.

— Je vous rappelle d'ici vingt-quatre

heures, dit-il. Je crois que j'aimerais vous rencontrer.

Il la rappela, en effet, et ils prirent rendez-vous pour le lendemain.

Depuis la mort de son père, Jacques était insatisfait de ses relations avec Violaine. Il ne trouvait plus de sens à sa vie ; sans doute, la rapprochait-il de celle de son père et il était troublé, désemparé devant la crainte de passer à côté de quelque chose d'essentiel, de mystérieux peut-être.

A Paris, il se rendit directement rue de Rivoli.

Il poussa la porte. La galerie était vide. Il attendit quelques minutes, en regardant les toiles. Puis Marjorie parut.

Elle était plus jeune qu'il n'aurait pensé et elle était magnifique. Il fut ébloui par sa longue chevelure noire tressée en natte, et les grands yeux noisette dans lesquels il sut immédiatement qu'il venait de tomber.

— Je suis heureux de vous rencontrer, monsieur Raudier, dit l'apparition.

— Tout le plaisir est pour moi, mademoiselle, répondit-il sottement.

— Comment vont mes parents ? demanda-t-elle pour dissiper un trouble qui ne lui avait pas échappé.

— Ils vont bien. Nous avons passé un agréable moment.

— Vous avez une histoire à me raconter, je crois. Je meurs d'envie de la connaître. Le moulin de la Rivole...

— Puis je vous inviter à déjeuner ? Ce sera plus facile pour en parler. Si vous êtes libre, bien entendu...

— Vous êtes venu de si loin, répondit-elle avec un sourire enjôleur, que je ne peux pas refuser.

Jacques demanda à voir d'abord l'exposition, pour laquelle, assura-t-il, il ne pouvait avoir de meilleur guide. Marjorie se prêta au jeu de bonne grâce. Toutes ses peintures représentaient des maisons, des châteaux, des moulins, des murs.

Jacques n'avait pas l'habitude de parler de peinture. Tout ce qu'il put dire à la jeune femme fut que son travail le touchait beaucoup.

— Et ce moulin, ajouta-t-il, vous lui avez donné de la vie !

Marjorie l'observait du coin de l'œil.

— Vous le connaissez ?

Jacques acquiesça en silence.

— Allons déjeuner. Si je commence à vous en parler maintenant, nous allons mourir de faim !

Ils s'installèrent dans un petit restaurant où Marjorie semblait avoir ses habitudes, et la conversation s'engagea très facilement.

Il fut tout de suite question de l'Auvergne.

Jacques Raudier raconta l'histoire de son père et son voyage dans le Cantal. Marjorie l'écoutait attentivement. Elle ne comprenait pas tout à fait sa démarche.

— Vous êtes sous le choc de la disparition de votre père, dit-elle, et cette histoire va s'estomper petit à petit au fil du temps.

— Je ne le souhaite pas. Elle m'a permis de réfléchir sur ma vie.

— Vous êtes boulanger, vous possédez votre affaire, désormais. Vous avez une amie. Que vous manque-t-il ?

— Tout. L'essentiel. Je n'ai rien créé, rien entrepris d'original. Vous, vous créez, vous vivez...

— Je travaille avec passion, oui. Je mène ma vie comme je l'entends.

Jacques demeura silencieux un moment.

— Pourquoi avez-vous quitté le pays de votre enfance ? demanda-t-il enfin.

— Pour faire ce que je voulais, précisément. Pour être libre, parce que j'aimais ça. Ça n'a pas toujours été facile, mais je voulais devenir peintre. C'était ma passion, mon rêve.

— Quoi qu'il en soit, nous avons un point commun : le moulin des Loches, enfin le moulin de...

Et tous deux éclatèrent de rire.

L'heure passait et ni l'un ni l'autre ne regardait sa montre. Ils échangeaient leurs impressions sur tous les sujets, et se sentaient bien ensemble. Ils conversèrent longuement, sans souci du temps, jusqu'à ce que Jacques dise enfin :

— Il est peut-être temps que je parte. Et votre galerie ? Les clients ?

— Il n'y a pas de clients, aujourd'hui. Il y a vous.

Le cœur de Jacques fit un bond dans sa poitrine. Il ne sut que répondre.

Il la raccompagna néanmoins à la galerie, et au moment de la quitter, il lui prit les mains, les pressa sous ses lèvres et dit :

— A bientôt, Marjorie !

— A bientôt, Jacques.

Elle le regarda s'éloigner sous les arcades de la rue de Rivoli.

Jacques monta dans son train comme un somnambule. Sa pensée ne quittait plus Marjorie. Je suis amoureux fou de cette fille, se répétait-il. Je le sais. C'est la première fois que cela m'arrive avec une telle force. Et c'est la fille de Georges Peyroux !

A Lyon, Violaine avait laissé des messages sur le répondeur. Il les écouta sans les entendre, prit une bière dans le réfrigérateur et s'installa dans son fauteuil, face à la télévision qu'il ne regardait pas.

Le lendemain, il se rendit à la boulangerie, vérifia que tout allait bien, passa les commandes nécessaires. Puis il fit envoyer douze roses à la galerie de peinture, avec ces quelques mots : *Ce pourrait être le bonheur.*

Le bonheur, il savait maintenant ce que c'était. Le bonheur, c'était un moulin qui tournait, qui tournerait toujours. Mais pas tout seul.

Il appela Violaine et lui expliqua qu'il valait mieux qu'ils se quittent, car il savait qu'ils ne s'aimaient pas. Puis Marjorie.

— J'aimerais vous revoir, Marjorie.
— Moi aussi, Jacques.
— J'arrive demain.
— Je vous attends, Jacques. Merci pour les fleurs. Merci infiniment.

Le lendemain, Paris l'accueillit à bras ouverts. Marjorie aussi, et dès qu'il eut franchi la porte de la galerie, elle fut dans ses bras, et ils restèrent ainsi longtemps, refusant de desserrer leur étreinte. Le premier baiser fut très doux et dura une autre éternité.

— On est fous, dit l'un.
— Sûrement, oui, mais qu'importe !

Elle ferma la galerie, et tous deux partirent à pied, dans Paris, main dans la main. Ils marchèrent jusqu'au soir, s'arrêtant de temps à autre à des terrasses de café. Les rues défilaient, défilaient. Ils ne savaient plus où ils étaient ; ils n'étaient pas quelque part : ils étaient ensemble. Le crépuscule sur

Paris était étrange, ce soir-là, et le soleil n'en finissait pas de chercher un écho sur les vitres hautes des grands immeubles. Juste avant qu'ils ne se séparent, Jacques dit à Marjorie :

— Demain, j'aurai quelque chose d'important à te demander.

Le lendemain, quand il arriva à la galerie, Marjorie n'était pas là. Il s'inquiéta, s'imagina qu'elle ne viendrait pas. Cela dura plus d'une heure, puis elle arriva enfin.

— J'ai eu un problème, excuse-moi, dit-elle.

— Ce n'est rien, mentit-il, à bout d'angoisse, mais ravi que son cœur lui ait joué ce vilain tour.

Mais maintenant, il fallait qu'il sache vite.

— Marjorie, si tu m'aimais, me suivrais-tu n'importe où, si je te le demandais ?

— Si je t'aimais, oui, je te suivrais où tu voudrais. C'est ce que disent les chansons.

Il attendait la suite, incertain.

— Dis d'abord et je te répondrai, reprit-elle.

Alors il se lança : le moulin des Loches, la restauration, son atelier de peintre dans la grande salle, la vie au calme.

Elle l'écoutait, radieuse.

Pendant le trajet du retour, Jacques pensa à son père. Lui avait-il montré le chemin ? Mathilde et Antoine, Marjorie et lui, le même rêve repassait. Jacques avait trente-cinq ans, il était temps de commencer à vivre.

Lorsqu'il rentra chez lui, un spectacle effrayant l'attendait. Un ouragan s'était abattu sur l'appartement. Placards vides, fauteuils éventrés, chaîne détruite, vaisselle brisée au sol. Mais le pire, c'était le tableau du moulin, entièrement détruit, irrécupérable ! Comme il n'y avait pas eu d'effraction, il ne pouvait s'agir que de Violaine, qui avait toujours les clefs. Sur le miroir de la salle de bains, le mot : SALAUD ! écrit avec du rouge à lèvres — comme dans les films — était d'ailleurs signé : *Violaine.*

Le lendemain, Jacques se rendit chez son notaire. Il l'informa de son intention de se séparer de la boulangerie, de liquider héritage et bien familial. Le notaire lui conseilla de ne céder que le fonds de commerce et de conserver provisoirement les murs avec un bail, ce qui lui assurerait un revenu. Me Chastal de Valiorgue le conseillait en père de famille. La succession n'était pas réglée, un peu de temps serait nécessaire pour tout mettre en ordre, mais la vente de l'affaire ne poserait aucun problème, compte tenu de son emplacement.

— Avez-vous bien réfléchi, Jacques ? C'est l'aboutissement du labeur de plusieurs générations de votre famille.

— Je sais, et le pionnier était canut, on me l'a assez dit. Mais mon père, avant de mourir, m'a beaucoup parlé. La vie est mal faite : on aurait dû discuter beaucoup plus tôt...

— Vous ne pouvez pas m'en dire davantage ?

— Ce n'est pas nécessaire, ça ne crée que des regrets. Je vais tenter autre chose, j'ai un projet d'achat et de restauration d'un bâtiment.

Jacques appelait Marjorie chaque jour, craignant qu'elle ne change d'avis et qu'elle ne veuille plus le rejoindre là-bas. Marjorie et le moulin constituaient désormais tout son avenir.

Ce fut elle qui l'informa du nom des propriétaires du moulin. Le vieux meunier s'appelait Arsène Marteillat. C'était sa famille qui exploitait la grande ferme de Chante-Perdrix.

Jacques se décida à les appeler un soir. Ce fut une voix de femme qui répondit. Jacques demanda Arsène Marteillat :

— Vous êtes sûr de vouloir Arsène ? Ce n'est pas André que vous voulez dire ? demanda la femme.

Jacques confirma.

— Je vais vous le chercher, un moment.

Au bout de quelques minutes, Arsène Marteillat prit le combiné, très étonné que quelqu'un le demandât au téléphone. Jacques dut rappeler au vieil homme qui il était, et leur dernière rencontre.

— Ça y est, je vois ! dit Arsène. Vous aviez voulu visiter le moulin, je me souviens. A mon âge, voyez-vous, ça prend un peu plus de temps pour réfléchir. Que voulez-vous ?

Jacques eut le sentiment de déranger.

— Lors de notre rencontre, nous avions discuté du moulin, dit-il, et je voudrais vous faire une proposition...

— Vous voulez faire des photos, peut-être ?

— Je voudrais vous l'acheter, monsieur Marteillat.

— Il me semble que vous m'en aviez un peu parlé, en effet, mais c'est avec mon fils qu'il faut voir ça ; c'est à lui que ça appartient, maintenant. Et puis ça fait partie de la propriété. Mais je vous appelle André, mon fils. Arrangez-vous tous les deux.

Jacques aurait préféré continuer à s'entretenir avec le père, mais il fallait visiblement en passer par là. Il entendit les deux hommes discuter ; Arsène, sans doute, renseignait son fils. Puis celui-ci prit le télé-

51

phone et écouta Jacques lui exposer sa proposition.

André Marteillat répondit d'un ton méfiant. Il voulait savoir qui avait renseigné Jacques sur le moulin, d'où il était, ce qu'il comptait en faire. Jacques expliqua qu'il aimait photographier la campagne, les fermes, les vieilles maisons et qu'en passant au village de Mirepaille il avait découvert ce moulin et s'en était épris. Il ajouta qu'il n'était pas marchand de biens.

— Nous, à la campagne, répondit l'autre, on ne vend pas de terre : on en achète. Quant au moulin, on ne va pas le remettre en état, ça ne nous intéresse pas. Peut-être qu'on s'en débarrasserait, faut voir.

André Marteillat ferrait son client et Jacques appâtait son vendeur. Jeu classique.

— En vendant, vous pourriez vous acheter une parcelle de terre plus intéressante. C'est vrai que vous n'avez que faire de ces vieilles choses, disait l'un.

Et l'autre :

— Mais vous, vous ne voulez pas devenir meunier, j'imagine ?

— J'aimerais le restaurer. Le remettre un peu en état pour les vacances. Mais j'en ai un autre en vue dans le département.

— Je crois voir lequel, fit Marteillat. Il est en très mauvais état. Enfin, c'est vous qui achetez...

Jacques perçut dans les propos de son interlocuteur comme une envie de poursuivre la conversation. Il en profita.

— Votre père a bien voulu me faire visiter le moulin il y a quelques semaines. Il me plaît. C'est peut-être l'occasion pour vous de faire rentrer un peu d'argent en échange de quelque chose qui ne vous rapporte rien. Jusque-là, on est d'accord ?

— Jusque-là, oui, mais on n'a pas eu le temps d'en parler en famille, vous me prenez de court. C'était le moulin de mon père, il a quand même son mot à dire.

— Bien entendu, je vous laisse le temps d'en discuter. Il n'y a rien qui presse.

Ce n'était pas non, c'était loin d'être oui. Jacques savait que ce serait difficile, les paysans ne se pressent jamais pour ces choses-là, et Marteillat devait se dire qu'il y avait anguille sous roche. Jacques proposa de rappeler dans deux ou trois jours, pour leur laisser ainsi le temps de réfléchir.

Au moment de raccrocher, il eut une idée. Il demanda à dire au revoir à Arsène.

— Merci encore de m'avoir fait visiter le moulin, dit-il au vieillard. Et si on fait affaire, je ferai tourner le moulin comme autrefois, et j'aurai besoin de vos conseils. Mais ne le répétez pas pour l'instant.

Il pensait avoir touché le vieil homme au point sensible. Quel vrai meunier n'eût pas

53

aimé revoir tourner son moulin, fût-ce une fois ?

Et Mathilde dans tout cela ? Un jour, Jacques lui remettrait les lettres. Le dirait-il à Georges Peyroux, l'ami de son père ? Il ne le savait pas encore. Son amour pour Marjorie faciliterait peut-être les choses. Ou bien les compliquerait. Il n'avait qu'une certitude : il rencontrerait Mathilde, la femme qui avait des grains d'or dans ses yeux.

Jacques avait remis de l'ordre dans son studio, changé ses serrures et fini par avouer à Marjorie le sort qu'avait subi son tableau.

— Je t'offrirai un autre moulin, lui dit-elle. Mais seulement lorsque nous y serons. Tu sauras attendre jusque-là ?

Marjorie paraissait heureuse, tout en s'inquiétant parfois de leurs moyens d'existence. Elle s'était renseignée sur les possibilités d'être professeur à Aurillac ou dans la région.

Jacques attendit cinq jours avant de rappeler les Marteillat. Le ton d'André lui parut plus cordial.

— Bon, déclara-t-il, on ne serait pas contre la vente du moulin. Ça dépend de l'offre que vous nous faites.

— De votre côté, répondit Jacques, combien en demandez-vous ?

— Deux cent cinquante mille francs, lança André Marteillat.
— Avec quel terrain ?
— Pour le terrain, faudrait voir. On n'en a pas déjà de reste, comme je vous l'ai dit.
— Un moulin doit avoir du terrain. Je ne discute pas le prix, mais il me faut des précisions sur la surface.

Il y eut un long silence au bout du fil. Ce fut Jacques qui le rompit.

— Pouvez-vous me passer votre père s'il est près de vous ? demanda-t-il.
— Je vous le passe.
— Ce serait pas mal de voir le moulin vivre à nouveau, dit le vieux, mais c'est André qui décide.

Jacques ne put rien en tirer de plus ce jour-là.

La transaction fut laborieuse ; on discuta longtemps sur la surface. Les terres — dont une, en forme de triangle constituant une belle parcelle, en bordure du ruisseau jusqu'à la prise d'eau et le verger attenant, comportant un abri qui avait dû servir de poulailler — furent finalement inscrites sur le compromis de vente. L'affaire était en bonne voie.

Les Marteillat avaient promis de laisser tout le matériel qui se trouvait à l'intérieur du moulin.

Deux voyages avaient été nécessaires pour conclure et jusqu'au dernier moment, Jacques craignit le pire. A la troisième rencontre, on se rendit chez le notaire pour déposer et enregistrer le sous-seing.

Jacques photographia son acquisition sous tous les angles, extérieur, intérieur, matériel compris. Il fut convenu qu'un géomètre bornerait les terres et établirait un plan définitif de l'ensemble.

André Marteillat semblait satisfait d'avoir vendu le bas de sa propriété qu'il ne cultivait pas, préférant les terres plus hautes, plus plates et mieux ensoleillées. Arsène attendait de voir. Et Jacques se surprenait à songer : « Ça y est, papa, nous avons notre terre ! On va pouvoir réaliser ton rêve. »

— Tu veux toujours de moi ? demanda-t-il ce soir-là à Marjorie. Je suis devenu un paysan de Chante-Perdrix.

— C'est merveilleux. Et maintenant, que vas-tu faire ?

— Te voir, mon amour. J'ai besoin de toi pour restaurer le moulin, il faudrait que nous y allions tous les deux.

— Quand tu voudras !

— C'est un gros chantier, tu sais. Il faudrait que nous puissions passer l'été là-bas. On louera une caravane, ou bien on campera. Que préfères-tu ?

— La caravane. Et je viendrai ce week-end !

Jacques nageait en plein bonheur. Et cependant il doutait parfois, tellement tout semblait merveilleux. Il savait maintenant que, un jour proche, il quitterait ce métier qu'il n'aimait pas pour une petite terre entourant un vieux moulin. A Chante-Perdrix.

La vente de la boulangerie se fit assez vite, l'ouvrier qui la guettait depuis la mort d'Antoine s'étant tout de suite porté acquéreur. Le montant de l'estimation surprit agréablement Jacques, mais l'installation toute récente d'un four moderne justifiait la somme.

Jacques fit développer toutes les pellicules et montra les photos du moulin à Marjorie.

Elle resta un moment silencieuse, puis dit seulement :

— Il y a beaucoup à faire. Comment vas-tu procéder ?

— Nous allons décider des modifications pour que l'étage soit habitable. Pour la remise en état des meules, de la roue et du mécanisme, nous verrons avec les artisans sur place. Et puis, j'aime bricoler. Je pense avoir assez d'argent pour tout faire comme il faut.

Marjorie ouvrait de grands yeux.

— Je veux t'épouser, Marjorie, reprit Jacques. Et aussi vivre là-bas dès que ce sera possible. Je trouverai du travail et nous aurons des enfants. Nous ferons visiter le moulin, et peut-être que nous pourrons installer un élevage de truites ou d'écrevisses, ou autre chose...

— Tu es merveilleux, jamais je n'aurais imaginé...

4

Juillet arriva. Jacques et Marjorie avaient loué et tracté jusqu'au moulin une caravane spacieuse, qui surprit le père Marteillat.

Ils commencèrent par inspecter la bâtisse de fond en comble. Il y avait une montagne de vieilles affaires, sous des couches de poussière si épaisses qu'elles en dissimulaient les détails : ferrailles, bois, planches, vieilles bicyclettes, paniers, vieux sacs de jute, et même des pommes de terre oubliées. Le plus étrange était une ampoule électrique, pendue au bout d'un fil entortillé sur lui-même, près du plafond, qui fonctionnait si on avait le bonheur de dénicher le bouton de porcelaine.

Ils remarquèrent que les meules étaient surélevées d'environ soixante centimètres au-dessus du plancher et que l'archure reposait sur une estrade carrée.

Arsène Marteillat se présenta en ombre chinoise dans l'encadrement de la porte.

— Quand vous aurez tout débarrassé, vous aurez des surprises, annonça-t-il.

— Un trésor ? demanda Marjorie.

— Peut-être que oui, peut-être que non. S'il n'est pas abîmé par le temps, il y a là un superbe blutoir qui fonctionnait avec une turbine.

— Il y a donc deux arrivées d'énergie dans ce moulin ? fit Jacques.

— Vous seriez du métier, vous l'auriez déjà repéré.

— Je suis boulanger, pas meunier.

— Vous êtes un peu de la famille ; l'un sans l'autre, on ne peut rien faire. Enfin, autrefois, ajouta-t-il, avec un bon sourire. Lorsqu'on y verra plus clair ici, on essaiera de le mettre en route, si vous voulez.

— C'est une chance que vous soyez là, j'ai tellement besoin de vous ! répondit chaleureusement Jacques.

— Si je peux être encore utile...

— Vous êtes indispensable, monsieur Marteillat ! Lorsque nous serons installés, je vous ferai connaître mon vin. Je suis amateur de Côte-du-Rhône, et je lui trouverai une place ici. Il faut bien que je garde au moins cela de Lyon !

Tous deux rirent de bon cœur.

Jacques avait dû s'équiper en matériel :

brouette, pelles, balais, sacs plastiques ; des bottes pour lui et Marjorie. Le nettoyage allait bon train. Marteillat sur son banc, toujours accompagné de ses chats, paraissait serein. Marjorie préparait le repas de midi, tout en chantant sous l'auvent de la caravane.

Dans la caravane, s'entassaient toutes sortes d'ouvrages sur les moulins, depuis celui de Daudet jusqu'aux étranges moulins à roues à aubes — tout l'héritage et toute la science d'autrefois.

Marjorie était plus qu'heureuse. Ses parents venaient souvent leur rendre visite, et ils allaient dîner chez eux. Georges tutoyait Jacques, à présent.

— Qui m'aurait dit, en mai, que tu rencontrerais ma fille, et que tu serais là aujourd'hui ? Toi, le fils du Lyonnais ! C'est comme dans les films de Pagnol : il y avait déjà un Lyonnais — M. Brun, je crois —, mais il te manque le galurin blanc.

Les jours passaient sous le soleil de juillet. Trop occupés, les jeunes gens ne virent pas la silhouette noire qui les observait. Chaque jour, une vieille femme scrutait leurs va-et-vient. Seul, Arsène l'avait repérée. Un jour, il se dirigea vers elle. C'était Eugénie Geneste, la mère de Mathilde.

— Ça t'intéresse donc ce qui se passe ici, Eugénie, pour que tu viennes rôder presque

61

chaque jour ? Tu crois sans doute que je ne t'avais pas vue ? Avant, tu ne venais pas traîner par là !

— Qu'est-ce qu'ils font, ces jeunes ? Il paraît qu'ils veulent acheter le moulin ?

— Qu'est-ce que ça peut te faire ? D'ailleurs, c'est déjà fait, si tu veux savoir !

— Paraît que ce serait le fils du Lyonnais, celui qui était venu par ici, il y a bien longtemps.

— C'est possible. Ça change quoi ?

— Il ne faut pas qu'ils viennent ici. Je ne les aime pas, c'est tout.

— Rentre chez toi, Eugénie. Ils ont acheté le moulin, tu n'y peux rien. Et moi, je suis bien content, tu vois, ça me fait de la compagnie. Pourquoi tu ne les aimes pas ?

— Ça me regarde, Arsène, ne t'en mêle pas. Ils ne resteront pas, dit-elle en s'éloignant et en levant un poing vengeur.

En se rendant au village, Jacques avait croisé plusieurs fois une femme à la cinquantaine élégante, au beau regard fier un peu triste. Il avait décidé que ce devait être Mathilde, et compris qu'elle l'évitait. Il s'informa auprès de Georges Peyroux :

— Ça n'a rien d'étonnant. Ton père l'a plaquée, et toi tu viens t'installer à l'endroit où...

— C'est elle qui a rejeté mon père, j'en ai la preuve ! s'écria Jacques.

— Pourquoi dis-tu cela ? D'ailleurs, je ne veux pas continuer à remuer ces vieilles histoires, et tu devrais faire comme moi !

Jacques s'habitua donc à ce que Mathilde Geneste l'ignore.

Le côté nord du moulin croulait sous les planches et les objets divers qu'ils en avaient sortis et que le soleil séchait. Arsène passait ses journées à observer le travail de Jacques.

— Quand tout sera débarrassé, je m'occuperai des meules, dit-il. Elles auront besoin d'un bon nettoyage et d'un piquetage[1] tout neuf. Il faudra que je vous apprenne, c'est pas très compliqué.

— Je compte sur vous, monsieur Marteillat, répondit Jacques, en sueur.

Ce dimanche-là, les Peyroux avaient invité Marjorie et Jacques à déjeuner. Ils en étaient au café lorsque Georges Peyroux reçut un coup de téléphone d'André Marteillat l'informant qu'une épaisse fumée s'échappait du moulin.

En toute hâte, ils se précipitèrent vers les voitures et foncèrent vers le moulin. Ils virent la fumée de loin dans le ciel sans

---

1. L'entretien des meules est le piquetage, qui se fait à l'aide de la mailloche pour redonner du mordant à la pierre, facilitant la mouture des grains.

nuages. Une fois sur place, ils constatèrent que le tas de planches brûlait et que les flammes commençaient à lécher le dessous du toit. Les Marteillat étaient déjà là et arrosaient le tas de bois. Ils firent la chaîne depuis la réserve d'eau et, seau à seau, maîtrisèrent le feu. Ce n'était pas un grand incendie, mais sa propagation aurait pu avoir de fâcheuses conséquences.

— Nous l'avons échappé belle ! soupira Jacques. Si le toit avait pris feu, on aurait été beaux !

— Le feu ne s'est pas déclaré tout seul, ce n'est pas possible, dit Marjorie.

Les Marteillat expliquèrent qu'ils étaient en train de déjeuner, eux aussi. Par hasard, le vieux avait regardé par la fenêtre, dans la direction du moulin, et...

— Merci, merci à vous, répétait Jacques. Sans vous, le moulin aurait peut-être brûlé entièrement. Je crois, comme Marjorie, que ce n'est pas un accident. Vous n'auriez pas aperçu de rôdeur ?

Personne ne répondit. Arsène Marteillat détourna le regard.

Les planches calcinées furent copieusement arrosées, et seule une poutre noircie garderait trace de l'incendie. Ni Jacques ni Marjorie ne voulurent prévenir les gendarmes. Tous allèrent boire un verre dans la caravane et l'on s'efforça de parler d'autre chose.

Le lendemain matin, une autre surprise attendait Marjorie et Jacques. La réserve d'eau était vide. Jacques alla chercher Arsène et demanda une explication.

— Pour déclencher l'ouverture, il faut savoir ! dit le vieux meunier. Il faut connaître le fonctionnement du moulin pour le vider silencieusement. Vous n'avez rien entendu ?

— Non, on n'a rien entendu, répondit Marjorie. Mais cette fois, c'est sûr : quelqu'un nous veut du mal. Qu'est-ce qu'ils vont faire, maintenant ? Mettre le feu à notre caravane ?

— J'ai ma petite idée, marmonna le vieux. Laissez-moi faire.

Jacques était à bout de nerfs ; il s'emporta :

— Si vous savez quelque chose, dites-le-nous !

Le vieil Arsène ne répondit pas tout de suite. Il y avait à la fois de la patience et de la lassitude dans sa voix, quand il dit :

— Et si c'était une pauvre personne qui a un peu perdu la tête ? Que lui feriez-vous ? Moi, je veux voir tourner le moulin encore une fois, c'est tout, et je vous aiderai le mieux possible, je vous assure.

65

Il était clair qu'il n'en dirait pas davantage ce jour-là. On ouvrit la petite écluse en amont pour refaire l'eau.

Les vannes savamment cachées, mais que des mains malfaisantes avaient cependant manipulées, furent à nouveau refermées et verrouillées. Le prochain matin verrait le niveau d'eau normalisé. Au printemps ou à l'automne, il aurait suffi de quelques heures pour remplir le bief, mais à la mi-juillet, le ruisseau était plus avare.

Jacques se leva le premier et se dirigea vers le moulin. Tout paraissait normal. Il referma l'écluse en amont et se trouva nez à nez avec Arsène qui venait aux nouvelles. Près de la salle des meules, ils devinèrent une forme noire, pendue à une ficelle clouée sur la porte. C'était le chat noir d'Arsène Marteillat.

— Nom de Dieu, s'écria le vieil homme, cette fois-ci, c'en est trop !

C'en était trop, en effet : Marjorie et Jacques décidèrent de s'adresser au maire. Près de l'église, ils tombèrent sur un attroupement et, s'étant approchés, ils entendirent des propos bien étranges. La vieille Mme Geneste aurait perdu la raison, on l'aurait aperçue près de la Rivole, hurlant des obscénités. Sa fille, Mathilde, avait appelé le médecin et s'était rendue sur place.

Marjorie et Jacques renoncèrent à rencontrer le maire et retournèrent au moulin. Le fils d'Arsène les attendait.

— Ne cherchez plus la coupable ! Eugénie Geneste est devenue folle. Et elle est si contente de ce qu'elle a fait qu'elle le raconte à qui veut l'entendre.

Une heure plus tard, une ambulance emmena Mme Geneste, accompagnée de sa fille, au centre hospitalier d'Aurillac. On ne travailla pas au moulin ce jour-là. Arsène fixa quelques branchettes de gui sur la porte du moulin. « Pour chasser les mauvais esprits », dit-il.

Quelques jours plus tard, alors que Jacques et Arsène discutaient au moulin, Marjorie vit Mathilde Geneste s'avancer vers la caravane. Si Jacques ne lui avait jamais parlé, Marjorie et elle se connaissaient depuis toujours.

— Bonjour, Marjorie.
— Bonjour, mademoiselle, comment va votre maman ?
— Pas bien. Elle devra rester encore un peu à Aurillac. Je voudrais parler à ton ami, Jacques Raudier.
— Je l'appelle tout de suite.

Lorsqu'il croisa pour la première fois le regard de Mathilde, Jacques y vit une

67

expression de vide, de lassitude et de chagrin.

— Je voulais vous remercier de n'avoir pas porté plainte contre ma mère, dit Mathilde. Je sais que vous êtes le fils d'Antoine Raudier. Je l'ai connu autrefois, et il n'a pas été loyal envers moi. Mais c'est une histoire finie depuis longtemps, je voulais vous le dire aussi.

Elle inclina légèrement la tête et s'éloigna sans ajouter un mot. Jacques n'avait rien trouvé à répondre, et Marjorie n'avait rien dit non plus.

Il y avait toute une part de mystère que Jacques eût aimé tirer au clair, mais le moment ne paraissait pas opportun. Jacques ne voulait aucunement que cette femme devînt son ennemie.

Pendant quelques secondes, il avait observé ses yeux : il n'y avait pas vu les grains d'or. Lorsqu'ils se retrouvèrent seuls, Marjorie déclara :

— Que d'histoires dans ce village ! Que faut-il en penser ?

— Que les moulins sont chargés d'histoires, justement, et que celui-ci ne fait pas exception. Il a été construit en 1683, tu imagines...

Il prit un des livres sur les moulins.

— Ecoute ce que George Sand écrit dans *Promenade autour d'un village* : « Quand on est au fond de cette brèche qui sert de lit à la Creuse, l'aspect devient quelquefois réellement sauvage. Sauf les pointes effilées de quelques clochers rustiques qui, de loin en loin, se dressent comme des paratonnerres sur le haut du plateau, et quelques moulins charmants échelonnés le long de l'eau, avec leurs longues écluses en biais ou en éperon, qui rayent la rivière d'une douce et fraîche cascatelle, c'est un désert. »

Jacques resta un moment rêveur, puis reprit :

— Je serai heureux quand je verrai la roue tourner. Il faut consulter une entreprise pour fabriquer une nouvelle roue à aubes. L'axe est totalement détruit et mangé par la rouille. Peut-être Arsène connaît-il un artisan capable de réaliser la pièce.

Arsène savait bien des choses. Lorsque la salle fut libérée des vieilleries qui l'encombraient, il ne resta plus que le blutoir dans son immense coffre de bois aux portes branlantes, les meules, deux échelles, l'arbre vertical du tamis, les engrenages, poulies et courroies, sous les poutres et les solives. La trémie, bien que vermoulue, semblait en assez bon état, ainsi que la potence et son immense pince ou crochet, même si la trace des vers laissait quelques doutes sur sa solidité. « Vermoulu n'est pas foutu ! », assura Arsène. Pourrie par endroits, l'archure — le meuble qui enfermait et protégeait les meules de pierre — demeurait en place malgré sa faiblesse.

— Si vous savez vous servir de vos mains, vous pourrez en faire une bonne partie vous-même, ce n'est pas très compliqué, dit encore Arsène. J'ai un petit atelier de menuiserie en haut, vous pourrez en disposer.

Jacques accepta, ravi de cette aubaine. Il était effectivement bricoleur et très adroit. Mais pour la roue, c'était une autre paire de manches...

— Du temps de mon grand-père, reprit Arsène, la roue faisait tourner les meules. Puis mon père a transformé le moulin et installé une roue horizontale, sous le moulin, avec un axe vertical directement relié à la meule courante, aux pales incurvées. Ça donnait plus de force, en consommant moins d'eau. Le plus dur, ce fut de construire et d'installer l'arrivée de l'eau sur la turbine, avec son système de commande — cette longue manette métallique qui vient d'en dessous, vous voyez, terminée par une poignée. Moi, j'ai remplacé les hélices de bois par des ailettes d'acier et créé ainsi une turbine hydraulique. La roue était trop vieille, elle est restée là, et maintenant, il n'y a plus que quelques bouts de ferraille. Enfin, puisque vous voulez tout changer de nouveau...

— Est-ce que les meules pourraient tourner ? demanda Jacques.

— Ce n'est pas très prudent. Il faut d'abord revoir le réglage des écartements, et ouvrir la vanne tout doucement, en manœuvrant la poignée, là. Je crains un peu pour les axes.

Ils soulevèrent une trappe, y glissèrent une baladeuse électrique, et Jacques découvrit pour la première fois la turbine avec ses ailettes incurvées, surmontée de son arbre moteur.

— On dirait que ça peut marcher, dit Jacques, si on essayait ?

Après avoir dissocié les meules grâce au système à vis commandé par la manivelle, Arsène tira précautionneusement la poignée.

L'eau arriva sur la turbine qui se mit doucement en mouvement. L'arbre obéit à la turbine, la meule aussi. Arsène observa les poutres et les solives de son plafond, si vieilles mais toujours solides.

— On ne peut pas faire plus aujourd'hui, dit Arsène.

— Ça marche ! s'écria Marjorie en embrassant Jacques.

— Oui, il peut tourner ! dit-il gravement, mais avec un grand sourire.

Arsène avoua alors que de temps en temps — une fois l'an peut-être — il avait ouvert la vanne et laissé tourner la meule quelques secondes, juste pour le plaisir.

— Le conduit qui amène l'eau à la roue est solide, c'est du béton, mais les vannes sont plus fragiles, expliqua-t-il. Il faudrait une bonne révision. Si les vannes lâchaient, vous ne pourriez pas arrêter la turbine ; la meule tournante s'emballerait, l'ensemble s'échaufferait et ça pourrait mettre le feu au moulin... Il faut contrôler le mouvement. Vous vous souvenez de la chanson : « Meunier, tu dors, ton moulin, ton moulin va trop vite. Meunier, tu dors, ton moulin, ton moulin va trop fort... »

— On a vidé la réserve sans s'en apercevoir, l'autre nuit...

— Oui, en ouvrant les vannes qui déversaient sur la roue extérieure. Et comme il n'y a plus de conduit, c'est un ruissellement presque silencieux qui a fait son œuvre.

— La nouvelle roue actionnant la meule comme autrefois, nous pourrions garder la turbine pour le blutoir, qu'est-ce que vous en pensez ? demanda Jacques.

— Ce n'est pas impossible. Il faudra modifier les engrenages du rouet et de la lanterne, les interchanger. Vous ferez à l'envers ce qu'avait fait mon père.

— Mais je ne défais rien, dit doucement Jacques. C'est juste de la nostalgie qui se met à agir pour que l'avenir respecte la mémoire des lieux.

Le vieillard hocha la tête.

— C'est très beau ce que vous dites là, et je crois que vous aimez vraiment ce moulin.

— Restez avec nous pour dîner, monsieur Marteillat, proposa Marjorie. Ça nous fera plaisir.

— Tu me le demandes si gentiment, petite...

Le vieil homme était ravi de l'invitation. Il n'avait plus que son chat blanc, désormais, pour l'accompagner, mais il expliqua pourquoi il avait toujours aimé les chats.

— Les meuniers avaient deux compagnons indispensables, autrefois : l'âne et le chat. L'un pour transporter les sacs de farine ou de grains, l'autre pour chasser les rats et les souris. Il y a longtemps que je n'ai plus d'âne, mais j'ai gardé les « minous ». Enfin, jusqu'à ce que...

Puis Arsène parla de ses ancêtres meuniers. Au XIIIᵉ siècle, le pays comptait vingt mille moulins à eau, la corporation de la meunerie était puissante.

— Mon grand-père, dans sa jeunesse, en vivait encore. Mon père, lui, avait une ferme en complément, et pour moi, le dernier, c'est le moulin qui n'était plus qu'un tout petit complément de la ferme...

Arsène avait de l'humour, et, heureux de pouvoir raconter, il ne s'arrêtait plus :

— Il y avait des moments pénibles. Quand les roues demeuraient prisonnières des glaces, par exemple, ou qu'elles étaient emportées par les crues. Parfois, au contraire, le soleil était trop ardent et on n'avait plus d'eau. C'est pour ça que les moulins de l'Aveyron et même les nôtres, qui étaient souvent contraints à l'inactivité pendant les sécheresses d'été, portaient le surnom d'*escouto se plou* — écoute s'il pleut.

— C'est un *escouto se plou*, ici ? demanda Jacques.

— Non, la Rivole a un cours régulier, et alimentait même, il y a bien longtemps, un autre moulin plus haut. Même aujourd'hui, son eau est très pure et on y pêche encore des truites, des écrevisses. Pour les écrevisses, il ne faut pas le dire. Elle draine du sable qui provient de carrières en amont, à deux kilomètres, ça lui donne un lit propre.

— Vous avez toujours vécu ici, monsieur Marteillat ? demanda Marjorie.

— Oui, et je t'ai même vue naître, petite ! Je ne sais pas ce que vous ferez de ce moulin, tous les deux, mais je suis heureux que vous l'ayez. Sans vous, il n'en avait plus pour très longtemps. On a déjà perdu le four il y a vingt ans.

— Il y avait un four ?

— Oui, contre le bout du moulin ; il faisait un joli arrondi. Mais, comme on ne s'en servait plus, il s'est écroulé et on a élargi le chemin à la place.

— C'est dommage, fit Jacques. Il ne reste aucune trace. Tu l'as vu, toi, ce four, Marjorie ?

— J'ai oublié. Je crois qu'il y avait déjà des ronces sur le tas de pierres. Je demanderai à mon père s'il s'en souvient.

— Ton père s'en souviendra, dit Arsène. Il l'a vu encore debout ; on s'en servait une ou deux fois l'an pour la fête du village. Il doit bien rester des photos quelque part, mais où ?

Puis, après un silence :

— Vous avez des nouvelles d'Eugénie Geneste ? J'ai cru apercevoir Mathilde par ici.

— Elle est toujours à Aurillac, répondit prudemment Jacques.

— Celle-là, c'est quelqu'un ! On s'est connus tout jeunes, elle travaillait au moulin et à la ferme. Elle me voulait pour mari. En fait, elle voulait le moulin, c'était son rêve, et devenir la femme du meunier était le meilleur moyen. Elle se voyait bien meunière. Mais moi, je voulais Louise, et je l'ai eue. Alors on s'est fâchés, Eugénie et moi, pendant au moins vingt ans. Elle a épousé le père Geneste, un brave homme qu'elle commandait comme un domestique. Il est mort il y a plus de dix ans. Nous sommes de la même classe avec Eugénie. Elle m'a fait du mal avec l'histoire du chat noir, parce qu'elle m'en veut de vous avoir vendu le moulin. Pauvre Mathilde, elle va souffrir une fois de plus...

— Mathilde s'est-elle mariée ?

— Oh ! les demandes n'ont pas manqué, mais aucun gendre ne convenait à sa mère.

— Mon père a connu Mathilde, autrefois, dit Jacques d'une voix sourde.

Marjorie ouvrit de grands yeux, surprise que Jacques ait pu révéler ce secret. Mais apparemment, ce n'en était un que pour eux.

— Je connais l'histoire, soupira Arsène. J'ai appris il n'y a pas longtemps que vous étiez le fils du Lyonnais qui est venu un jour au village. Ici, vous savez, les jours, les années passent, mais rien ne s'efface. Il suffit que le vent ouvre le livre à la bonne page... Votre père et Mathilde venaient souvent me voir. Et puis, l'histoire s'est arrêtée. On a dit que votre père ne lui avait jamais écrit et n'avait pas tenu sa parole. J'avoue que je n'ai pas pu comprendre ça.

— Un jour, peut-être, tout s'éclaircira.

La soirée se termina sous l'auvent de la caravane, éclairé par une lampe électrique autour de laquelle dansait une myriade d'insectes.

Marjorie, avec ses lourdes tresses tombant sur ses épaules dorées, était plus belle que jamais. Jacques la mangeait du regard.

— A quoi penses-tu, mon amour ? lui demanda-t-il en la prenant contre lui.

— Je pense à ton père et à Mathilde. A cette histoire qui s'est mal terminée. J'espère que pour nous...

Tout près d'eux, la Rivole murmurait, comme elle le faisait depuis toujours, sans se soucier des histoires des hommes. Pourtant, si on le lui avait demandé, elle aurait aimé se jeter, puissante, sur la roue du moulin retrouvée, éclaboussant généreusement ces lames de châtaignier, débordant les aubes, les abaissant de son poids, de sa force. Alors, la roue chantante tournerait de nouveau, portant au loin le tic-tac des moulins. C'est à leur roue que les moulins à eau doivent leur pouvoir d'attraction, et la Rivole se rappelait qu'un jour Arsène avait expliqué à un enfant les paroles merveilleuses du moulin : *Portazt de blat* — « Donnez du blé ». En ce temps-là, les meuniers étaient aussi des conteurs.

Marjorie allait tous les jours au village saluer ses parents, prendre son pain, ses provisions, et bavarder parfois avec les connaissances retrouvées.

Quelques vacanciers étaient arrivés et leur

promenade les conduisait souvent vers le moulin. On savait désormais qu'il était en réparation et qu'un jour prochain, il serait ouvert aux visites. Une de ses amies lui dit :

— J'espère que tu exposeras tes tableaux au moulin ?

— Pourquoi pas ? C'est une bonne idée...

Marjorie pensa subitement qu'elle n'avait pas peint une seule fois depuis qu'elle était là. Que se passait-il ?

Sur les conseils d'Arsène, Jacques consulta un artisan capable de construire une roue à aubes. La tâche ne serait pas facile. Invité sur les lieux, puis autour d'une bonne table, Albaret, l'artisan, finit par accepter le défi, estimant qu'il participait à quelque chose d'exceptionnel. A mesure que le repas avançait, il s'affirma capable d'assurer presque tous les travaux : révision de la toiture, maçonnerie, charpente... Bref, l'homme providentiel, comme on en trouve effectivement quelquefois à la campagne. Arsène Marteillat proposa de venir chaque fois que cela serait nécessaire, quand les jeunes ne seraient pas là. Ils consultèrent des ouvrages sur les moulins et décidèrent d'un modèle de roue. On construirait un auvent pour la protéger, car le bois de châtaignier craint le soleil. L'étage serait aménagé plus tard, le plus urgent étant la salle des meules.

— Je vous porterai le grain à moudre, le blé noir, le sarrasin, pour faire des bouriols.

— Qu'est-ce que c'est ?

— Des crêpes de sarrasin. On voit bien que tu n'es pas d'ici, dit Marjorie en souriant.

— Il faut aller bien loin, à Saint-Saury, au moulin d'Escalmels, pour trouver un meunier qui veuille encore moudre. Vous aurez des clients, je m'en charge ! fit joyeusement Albaret.

— J'espère qu'on va s'entendre sur le montant des devis, dit Jacques, je ne suis pas Crésus !

Albaret lui tapa sur l'épaule pour le rassurer.

— Faudra penser aussi à vider le bief, le curer et vérifier les vannes. C'est important.

— A votre disposition, dit Arsène.

Arsène Marteillat passait toutes ses journées au moulin. Il se rasait plus souvent et il avait rajeuni. Son moulin allait revivre ! Marjorie ne peignait pas, mais elle prenait beaucoup de photos. « Pour la postérité », disait-elle.

Chez les Peyroux, on se posait quelques questions. Qu'allaient bien pouvoir faire Jacques et Marjorie de ce moulin restauré ?

— Rien, répondit Jacques un soir. J'aurai simplement réalisé le rêve de mon père, découvert le pays que j'attendais et la femme de ma vie. Lorsque tout sera terminé, nous viendrons vivre ici, je trouverai du travail, nous serons heureux, et voilà...

— Je vous souhaite à Marjorie et à toi tout le bonheur du monde, dit Georges. Nous vous le souhaitons tous les deux, Alice et moi.

— Je demanderai ma mutation dans la région, ajouta Marjorie. Je trouverai un poste certainement à Aurillac, dans un collège ou un lycée. Tu verras, maman, tout ira bien. Et puis, en attendant, ce sera notre résidence secondaire. M. et Mme du Moulin des Loches... Vous imaginez un peu les jaloux ?

Ses parents hochèrent la tête. Le bonheur se fabriquait-il avec de l'insouciance ?

Porte et fenêtres ouvertes, on aérait la salle des meules. Le plafond lui-même, aux grosses poutres débitées dans les bois environnants, avait été dépoussiéré. Le sol, pour moitié en béton, l'autre en planches grossières, avait été lavé à grande eau. Quant à l'étage, composé de deux pièces séparées par une cloison de bois, il avait aussi subi un bon nettoyage. Dans la pièce principale, il y avait une grande cheminée, prête à l'usage.

— J'ai vécu un peu ici, dit Arsène, juste avant de monter à la ferme. Mais mon père et ma mère y ont passé leur vie, mes grands-parents aussi et d'autres encore...

— C'est pour cela que cette bâtisse a une âme, dit Jacques, et nous espérons bien y vivre toujours, nous aussi.

A deux pas, les canards barbotaient dans l'eau, comme à leur habitude, indifférents aux travaux et aux changements. Les enfants d'Arsène passaient de temps en temps dire bonjour et discuter un moment.

— Vous allez en faire un château, à force de le nettoyer ! s'exclamaient-ils.

— Juste un moulin, et c'est déjà beaucoup, répondaient Jacques et Marjorie.

Juillet touchait à sa fin, lorsqu'on apprit au village que Mme Geneste avait tenté de se supprimer. Georges Peyroux, qui devait se rendre pour affaires à Aurillac l'après-midi, emmena Mathilde et la ramena le soir même.

Amis d'enfance, ils discutèrent longuement pendant le retour. Mathilde en avait besoin. Sa mère avait décidément perdu la raison, même si elle avait de temps à autre des instants de lucidité. Et voilà ce qu'elle lui avait avoué ce jour-là : Antoine Raudier, avant de repartir pour Lyon, avait donné son adresse à Mathilde. Mathilde, naïve, l'avait

81

dit à sa mère, comme elle lui avait confié le projet d'achat du moulin. Mme Geneste n'avait pas admis cette idée : c'était à elle qu'aurait dû aller le moulin, si cet abruti d'Arsène n'avait pas épousé la Louise. Elle avait donc fouillé dans les affaires de sa fille et subtilisé les coordonnées d'Antoine. « C'est tout ce que tu as à me dire, maman ? Je t'en prie... — Non, ce n'est pas tout, mais le reste, tu ne le sauras jamais ! » Et Eugénie Geneste était repartie dans ses divagations, laissant Mathilde profondément troublée.

Georges Peyroux fit état de ces coïncidences à Jacques. Il devait y avoir autre chose — ce qu'Eugénie avait appelé : le reste. Qu'est-ce que ça pouvait être ?

L'après-midi tirait à sa fin, quand une voiture s'arrêta devant le moulin. Marjorie reconnut l'homme qui en descendit et qui se dirigeait vers le moulin. C'était Maurice Carrier, le maire.

— Quel plaisir de te voir ici, Marjorie !
— Bonjour, monsieur le maire.
— J'avais hâte de voir les nouveaux propriétaires et leur souhaiter la bienvenue, mais je n'ai vraiment pas eu le temps jusque-là. Me présenterais-tu ton ami ?

Jacques arrivait au même instant, dans sa tenue maculée de poussière.

Les présentations furent simples. Maurice Carrier, le pharmacien, était un homme affable et bavard.

Marjorie proposa un rafraîchissement.

— Je suis très heureux de cette entreprise, dit le maire à Jacques, qui lui plaisait visiblement. La municipalité aurait dû faire ce que vous faites. L'idée en avait d'ailleurs été soumise au conseil municipal, il y a quelques années, mais la commune n'avait pas les moyens. Les priorités, vous savez...

— C'est aussi un peu d'histoire que nous allons conserver, dit Jacques.

— C'est vrai, et la commune fera quelque chose pour vous ; je plaiderai en votre faveur. Savez-vous que M. Vaysse, l'instituteur, m'a parlé de vous ?

— Je ne le connais pas, dit Jacques.

— Moi non plus, ajouta Marjorie.

— C'est un jeune homme passionné par le terroir. Un charmant garçon. Les élèves et leurs parents l'apprécient beaucoup.

— Qu'il vienne nous voir ! proposa Jacques. Les pauses sont les bienvenues !

— Les gens d'ici ne sont pas très bavards, mais tous sont curieux de ce que vous préparez. Imaginez : vous restaurez leur moulin abandonné. Je sais, ce n'est pas le leur, mais dès qu'il fonctionnera de nouveau, ce sera leur moulin, et vous n'y pourrez rien.

83

— Nous espérons organiser des visites et j'espère que vous nous ferez de la publicité.

— Je vous promets que nous vous aiderons, mais j'aimerais le visiter en l'état. Je serai donc le premier visiteur.

— Bien volontiers, monsieur le maire. Aujourd'hui, on peut y entrer ; ce n'était pas le cas il y a un mois.

— Qu'en pense le père Marteillat ? C'était le moulin de famille, et les paysans ne se séparent pas facilement de leurs biens, je suis bien placé pour le savoir !

— Ils préfèrent cependant une terre nouvelle à une vieille chose comme celle-là. Arsène Marteillat, lui, est heureux de penser que « son moulin » va reprendre vie. Il est là presque tous les jours et ses conseils me sont précieux.

Dans la salle des meules, le maire eut l'air ahuri.

— Et tout ça fonctionnera ? Vous avez bien du courage !

Il observa le blutoir, l'archure dissimulant les meules, le système surmonté de la trémie.

— Vous allez installer une nouvelle roue ?

— Oui, c'est le plus important.

— Magnifique ! C'est magnifique, ce que vous faites là ! Et sans la moindre demande de subvention. C'est plutôt rare, vous savez...

Je vous félicite tous les deux. Bienvenue chez nous !

— Quand nous reconstruirons le four qui existait autrefois, dit Jacques, là nous viendrons quémander. Ce moulin sera un atout pour la commune.

— Je tiendrai ma parole !

Jacques et Marjorie se rendirent chez Albaret. L'artisan avait avancé mais la roue n'était pas simple à réaliser.

— Vous aurez les devis rapidement, leur dit-il. En cas de problèmes, téléphonez-moi.

— Et la durée des travaux ? demanda Jacques.

— Je vous le dirai aussi. Mais comme on n'a pas besoin de permis de construire, et que le maire vous a à la bonne, tout ira plus vite.

5

Il fallut repartir. Arsène Marteillat se retrouva seul sur son banc, avec son chat blanc.

A Lyon, la boulangerie Raudier continuait à fonctionner. Le personnel restait en place et Jacques n'était pas mécontent de son successeur. Marjorie l'avait accompagné à Lyon, où elle n'était jamais allée. Elle arpenta la cité encore chaude de l'été.

— Tout me plaît dans cette ville, dit-elle à Jacques. Tu ne vas pas la regretter ?

— Non, je ne crois pas. Aujourd'hui, je ne vois même plus le Rhône. Je n'aime qu'un ruisseau en Auvergne...

Puis, chacun retrouva son travail, Jacques dans sa boulangerie industrielle, et Marjorie à Paris pour se consacrer à sa nouvelle exposition. L'été se terminait.

Jacques reçut les devis d'Albaret. La

somme était importante, mais le détail des travaux précis. Le téléphone fonctionna entre le Cantal et Lyon, Lyon et Paris. Puis le chèque de confirmation partit chez Albaret, avec une date limite de fin des travaux qui conditionnait l'engagement.

Parfois Jacques se trouvait un peu égoïste ; il avait liquidé l'entreprise qui avait assuré la vie de sa famille, en retirant un profit substantiel, et la location de ses murs qu'il avait conservés, sur les conseils de son notaire, lui permettrait de vivre sans trop de soucis. « Tu vois, papa, pensait-il souvent, contrairement à toi, je ne peux pas vivre sans bonheur. Toi, la vie ne t'a pas donné le temps de changer d'horizon, et tu es parti bien trop tôt... »

A l'automne, Albaret avait révisé les vannes et les conduits, vérifié la toiture. L'ensemble des murs n'appelait pas de renforcements particuliers ; seule une solive du plafond qui rejoignait la potence devait être remplacée. Jacques et Marjorie décidèrent de passer le week-end de la Toussaint dans le Cantal.

En ce début novembre, les couleurs avaient changé, mais une même émotion les étreignit tous deux lorsque la silhouette du moulin leur apparut.

Arsène n'était pas sur son banc.

Jacques et Marjorie allèrent récupérer les clefs chez les Marteillat ; ce furent de bonnes retrouvailles. Arsène avait choisi le cantou de ses enfants pour passer les après-midi de la froide saison.

Près du moulin, les canards naviguaient sur les eaux froides du bief. Plus loin, les arbres commençaient à perdre leurs feuilles, les haies devenaient claires, obligeant leurs locataires à plus de prudence : merles, verdiers, fauvettes et rouges-gorges. Les bordures de noisetiers résistaient à l'inéluctable dépouillement. Le froid prenait la vallée de la Rivole.

— Les murs ont besoin de joints, dit Jacques, ce sera mon travail.

— J'espère que tu me laisseras participer à l'ouvrage ?

— Je te laisse l'étage, et tu auras à faire, crois-moi !

— Nous conserverons le cantou. J'ai quelques idées dans la tête.

Ils se rendirent chez Albaret. Le croquis de la roue était magnifique.

— C'est très beau, dit Marjorie. Pourrait-on avoir une copie ?

— Elle ne sera pas très nette, mais ça vous donnera une idée précise. Il faut construire un appui pour l'axe de la roue ; j'ai pensé à quelque chose comme ça, qu'en pensez-vous ?

Le mur de pierres apparentes avait belle allure et s'intégrait parfaitement à l'ensemble de la construction.

— Je veux réaliser les mêmes joints sur l'ensemble du moulin, dit Jacques.

— Ce n'est pas difficile ; vous y arriverez très bien. Je vous prêterai du matériel. Lorsque vous reviendrez, la roue sera peut-être installée, si vous me donnez jusqu'au printemps. Ce ne sont pas les aubes qui sont longues à réaliser, c'est l'armature de la roue en acier.

— Entendu pour le printemps !

Jacques et Marjorie revinrent au moulin, puis retournèrent chez Arsène pour remettre les clefs. Ils lui présentèrent le modèle de la roue.

— Avec ça, vous n'aurez pas de mal à faire tourner le blutoir, dit-il avec un grand sourire. Ne tardez pas, je commence à vieillir.

André Marteillat, le fils, regardait aussi.

— Ça prend tournure. Vous allez nous faire regretter de vous l'avoir vendu !

— Ne regrettez pas, quand nous serons là, vous aurez des voisins.

— Vous pensez toujours venir habiter ici ? Vous avez du courage. C'est vrai que ce ne serait pas plus mal, si nous étions un peu plus nombreux à Chante-Perdrix.

La nuit tombait tôt en ce début novembre ;

Marjorie et Jacques, qui devaient dîner chez les Peyroux, se retirèrent.

Les parents de Marjorie semblaient avoir adopté leur futur gendre. La sœur de Marjorie et son mari étaient descendus de Paris pour la Toussaint. Les présentations furent agréables, la famille se retrouvait et s'agrandissait.

Georges Peyroux entreprit de raconter quelques-uns de ses souvenirs, des moments vécus avec Antoine, le père de Jacques.

— Un jour, dit-il, Antoine avait repéré que le père Constrie, du hameau de Combondes, rentrait ses légumes et ses fruits dans une petite grange au bord de son verger, près du jardin, et la refermait avec deux cadenas. Antoine décida de chiper des fruits sans que le propriétaire s'aperçoive du larcin, et sans être découvert. Le pari fut tenu. Les fruits disparaissaient et le vieil homme n'y comprenait rien.

— Mon père ne s'est pas fait prendre ? demanda Jacques.

— Non, je t'ai dit qu'il avait gagné son pari. Mais un jour, le dernier de l'été, voici ce qui se passa : nous allâmes près de la grange, de très bonne heure, sachant que le père Constrie venait, lui, assez tard. Une échelle empruntée chez des voisins servait à accéder au toit. Antoine enlevait quelques tuiles et se glissait à l'intérieur, équipé d'un sac de toile, qu'il garnissait de pommes. Moi, je faisais le guet. Soudain je vois le bonhomme se diriger vers nous, un fusil à la main. Je n'ai eu que le temps de prévenir Antoine.

— Vous étiez pris ?

— Antoine était pris. Alors, le père Constrie, fier de son coup, s'est écrié : « Alors, mes gaillards, je vous tiens ! Chacun son tour de rigoler ! Faudra bien sortir de là, et par où vous êtes entrés. J'ai tout mon temps, et je ne vais pas vous rater : une cartouche de sel... et hop ! chez les gendarmes. » Que faire ? Il s'était assis dans un vieux fauteuil recouvert de sacs de jute, le fusil bien serré contre lui. Je regardais de loin, sans pouvoir intervenir. Impossible de créer une diversion, le vieux était trop malin. Ce qui arriva alors fut assez drôle. A force d'attendre sous le soleil, le père Constrie s'endormit et Antoine l'entendit ronfler bruyamment. Je vis la tête d'Antoine apparaître dans le trou du toit et lui fis signe de sortir le plus vite possible. Il se dégagea, descendit précautionneusement par l'échelle et eut l'idée fantastique de l'emporter, tel Arsène Lupin. Puis, nous avons attendu le réveil du pauvre homme. Il n'y comprenait rien, jurait par tous les dieux et, de colère, tira une cartouche dans le trou du toit. Il n'a jamais su ce qui s'était passé.

— Raconte aussi l'histoire du canard, demanda Alice à son mari.

— Bon, mais ce sera la dernière. Ton père et moi, avions décidé d'aller à la pêche à la fourchette pour les loches.

— La pêche à la fourchette ? questionna Jacques.

— C'est vrai que pour vous, à Lyon, la fourchette c'est plutôt à table qu'on s'en sert, pas vrai ? Voilà : il faut d'abord prendre une fourchette en métal et l'aplatir complètement. Ensuite, se munir d'une grosse tige de noisetier — trois à quatre centimètres de diamètre, et un mètre cinquante de long —, fendre l'une des extrémités en deux, y glisser la fourchette et ficeler l'ensemble de sorte que seules les dents dépassent.

— Comme un harpon ?

— En quelque sorte. Les loches se posent sur le sable et il est alors facile de les embrocher. Voilà pour la pêche aux loches.

— Et le canard ?

— J'y arrive. Ce jour-là, la pêche était mauvaise, et qu'est-ce qu'on ne voit pas barboter dans le ruisseau ?

— Des canards.

— Oui, des canards blancs, qui venaient de chez Marteillat. « Il y en a un qui va se faire tordre le cou », dis-je. « Chiche ! » répondit Antoine. Posant là nos fourchettes, nous désignâmes la victime. A cet endroit, la

Rivole est bordée de taillis de saules, ce qui nous permettait d'être à l'abri des regards. Bref, nous nous jetâmes sur le canard. Cela fit un raffut de tous les diables entre les branches et les pierres, la bête se débattait et nous paraissait énorme dans nos mains. Maintenant, il fallait la tuer. Nous lui tordîmes le cou, un tour, deux tours, trois tours... « On dirait du caoutchouc », dit Antoine. J'essayai à mon tour... Impossible. La bête résistait. On commençait à transpirer et à paniquer. J'eus une idée. « On va lui couper la tête », dis-je. Je sortis mon couteau, un opinel, et tandis qu'Antoine tenait la bête, j'essayai de trancher le cou. Mais un couteau mal aiguisé sur une peau couverte de plumes, imaginez un peu le travail !

Tous faisaient d'étranges grimaces en imaginant la scène, et Georges continua en riant :

— On y arriva quand même. Antoine lâcha le canard, qui s'enfuit sur la berge, sans tête. Il fallut l'attraper de nouveau. On dissimula la tête sous un gros rocher et on rangea le corps dans le panier de pêche, entouré d'herbes ; on voyait ses plumes blanches à travers le tressage d'osier. Puis, nous prîmes le chemin du retour, sifflotant comme des innocents quand, tout à coup, nous vîmes Arsène Marteillat se diriger sur nous.

L'auditoire ouvrit de grands yeux. Georges poursuivit :

— A ce moment, je remarquai que des gouttes de sang tombaient du panier. « Antoine, le canard saigne encore ; ça goutte sous le panier, le père Marteillat va deviner... »

— Et alors ? demanda Jacques.

— Marteillat nous a demandé gentiment si nous avions attrapé des loches, et chacun partit de son côté. Nous étions sauvés.

— Et après ?

— On se demandait ce qu'on allait faire de cette volaille ; Antoine était en pension à l'hôtel, et moi, je n'avais aucun intérêt à raconter l'histoire à mes parents. Et pourtant, nous voulions manger ce canard ! J'eus alors l'idée d'en parler à mes grands-parents maternels, sous le sceau du secret. Ils nous réprimandèrent. Mon grand-père nous fit une sévère leçon de morale et nous fit jurer de respecter à l'avenir la propriété d'autrui. Après quoi, mes grands-parents acceptèrent malgré tout de cuisiner la bête. Mais ma grand-mère, qui se sentait mal à l'aise dans cette histoire, rata complètement la cuisson — seul échec de sa vie de cuisinière ! Depuis, à chaque réunion de famille, quelqu'un lance : « J'espère que ce sera meilleur que le canard de Marteillat ! »

Tous rirent de bon cœur.

Puis Georges se tourna vers Alice :

— Les photos que tu as retrouvées, tu ne veux pas nous les montrer ?

— J'allais oublier ! Elles vont pourtant vous surprendre.

Et Alice sortit de son sac trois photos en noir et blanc, prises près du moulin. La première montrait le moulin avec le four sur le côté. Sur la deuxième, Antoine et Georges se tenaient par l'épaule, près de l'eau. Sur la troisième, on voyait une jeune fille avec les deux gars.

Jacques avait deviné, et ne pouvait dire un mot. Georges, son père avec Mathilde... Ils avaient moins de vingt ans. Marjorie regarda longuement la photo.

— Comme vous étiez beaux ! Pardon, papa, je veux dire...

— Que nous étions jeunes et heureux ? C'est vrai, ma fille. Et puis il y avait le four à pain en ce temps-là... On vous les donne, n'est-ce pas, Alice ?

Pour Jacques, aucun cadeau ne pouvait valoir celui-ci. Il était heureux et triste en même temps, mais il se sentait bien dans cette famille, et Marjorie le savait.

A la fin du week-end, avant de quitter Mirepaille, Jacques jeta un œil sur la maison de Mathilde. Tout y était silencieux. Le petit jardin qui l'entourait avait perdu sa verdure avec l'automne. Même le buis était froid d'immobilité. A un moment, il vit le rideau d'une fenêtre bouger. Ce fut le seul signe de vie qui s'échappa de cette maison.

Marjorie avait depuis longtemps raconté à Jacques tout ce qu'elle savait sur Mathilde, qui avait exercé son métier d'institutrice à Mirepaille pendant près de trente ans, ayant eu la chance de trouver un poste sur place. Tout le monde la respectait et elle vivait maintenant une retraite méritée, dans cette maison qu'elle louait.

L'hiver fut assez doux cette année-là, à peine si une couche de neige blanchit le pays à deux ou trois reprises, entraînant un ralentissement dans la construction du mur.

Jacques avait décidé de se dégager tout à fait de la boulangerie à la fin du printemps prochain. Il reçut un courrier de Paul Vaysse, l'instituteur de Mirepaille. Ravi de la restauration du moulin, celui-ci voulait mettre en place un projet pédagogique sur la meunerie. Jacques lui répondit aussitôt et l'autorisa à visiter le moulin avec ses élèves, sous la conduite d'Arsène Marteillat, qui avait les clefs.

Au bourg, on parlait beaucoup du moulin. Certains déploraient que ce fût un Lyonnais qui l'ait acheté, d'autres assuraient qu'il valait mieux un Lyonnais que des Hollandais ou des Anglais. D'autres encore faisaient valoir que, puisque Jacques allait épouser Marjorie, une enfant de Mirepaille, c'était très bien ainsi.

Un beau matin, à la mi-janvier, on vit la classe de M. Vaysse traverser le village et se diriger vers la Rivole. Le projet pédagogique de Paul Vaysse était précis et parfaitement élaboré : il s'agissait d'expliquer tout le devenir du blé jusqu'à la fabrication du pain. Grâce au moulin, il pouvait faire vivre à ses élèves toutes les étapes nécessaires : labours, préparation des terres, semailles, moissons, battages, mouture et fabrication du pain. Combien, parmi ces enfants de la campagne, connaissaient ces choses si simples en apparence ?

Malgré le froid qui donnait à leurs joues la teinte des pommes rouges, les enfants étaient au comble de l'excitation. En passant près d'un champ de blé, ils remarquèrent que les pousses nées avant l'hiver avaient déjà dix à douze centimètres de hauteur. Un enfant expliqua à ses camarades qu'après les moissons de juillet et d'août, les terres étaient labourées en septembre et ensemencées sitôt après.

— On ignore beaucoup de choses, même sur ce qui se passe chez nous, ici, dit l'instituteur, en montrant, d'un mouvement large, la campagne environnante.

— Monsieur, dit un gamin, on peut apprendre tout ça sur Internet ? Mon père m'a dit que sur Internet, il y avait tout ce qu'on voulait.

— Ton père a raison, mais il y a des connaissances que tu ne pourras acquérir qu'ici, dans notre terre, sur nos chemins. Une chose est de voir une image, autre chose est de toucher, de respirer. Voyez cette terre levée sur le bord du talus. Des milliers de colonnes de cristaux se lèvent de terre ; soulevées par le gel, ce sont les « cathédrales de l'hiver ». Mon grand-père m'avait appris cela, et il n'avait pas d'ordinateur.

Les élèves souriaient d'un air entendu. Ils ne pouvaient le contredire sur les choses transmises par son grand-père, mais tout de même, un ordinateur, c'était bien !

Au moulin, Arsène Marteillat, rasé de près, les attendait. Paul Vaysse expliquait, montrait, photographiait. Les canards avaient disparu, les fêtes de fin d'année ayant sonné leur glas.

Les questions fusaient de toute part. Puis ils entrèrent dans l'antre du meunier, la salle des meules. Heureux d'expliquer le fonctionnement du système par la force hydraulique, l'eau qui faisait tout marcher, Arsène se sentait de nouveau le maître des lieux.

— Aujourd'hui, tout est silencieux, leur dit-il, mais revenez l'été prochain, et la meule de pierre qui est dans l'archure, ce meuble de bois, tournera et nous moudrons le grain. C'est un très vieux moulin qui appartenait à mon grand-père, et grâce à Jacques Raudier qui va le restaurer, vous pourrez le voir tourner et chanter.

— Ça chante un moulin, monsieur ?

— Oui, c'est un tic-tac[1] qui ressemble au bruit d'un cheval au trot.

Et le vieil homme d'expliquer :

— Ici, c'est le blutoir avec son tamis, un cylindre de toile qui sépare la farine du son.

L'instituteur filmait et photographiait sans cesse.

— Et la roue, monsieur ?

— Il y en a deux : une qui se situe sous le plancher, horizontale et à turbines. La deuxième est en fabrication et sera installée à l'extérieur, au printemps.

— Et tout ça marche rien qu'avec de l'eau ?

— Oui, mon petit. L'eau est une force impressionnante, considérable, quand on sait la maîtriser. Maintenant, on l'utilise différemment, à l'aide de turbines géantes au pied des barrages.

---

1. Le tic-tac — souvent comparé et réglé suivant la cadence du trot d'un cheval — provient du traquet, fuseau pourvu d'arêtes qui tapent sur une latte en bois fixée à l'auget, petit conduit par où s'écoule le grain provenant de la trémie.

— Il n'y a donc pas besoin d'électricité, ici ?

— Dans ce moulin, il y a seulement deux ampoules électriques, une en haut, à l'étage, et une ici, sous le plafond, et une prise électrique pour une baladeuse qui sert à éclairer la roue de dessous, lorsqu'il y a un problème. C'est tout. Les grands moulins d'aujourd'hui sont des usines par rapport à celui-ci, mais ici, il y a quelque chose que vous ne trouverez nulle part ailleurs...

Tous se turent, sans bien comprendre. Arsène leur montra l'emplacement de la roue qui serait installée bientôt. Les questions fusèrent : elle sera comment ? Grande ? En bois ? En fer ? Et l'eau arrivera comment ?

Le vieux meunier expliquait assez bien, et les enfants l'écoutaient bouche bée.

La visite se poursuivit vers le bief.

— Toutes les questions et réponses seront reprises en cours, annonça Paul Vaysse.

Ce qui eut pour effet de stopper quelques rires indisciplinés. On remercia le vieil Arsène, et le groupe prit le chemin du retour.

Au printemps, la carcasse métallique de la roue était faite. Le complément en bois, les aubes et les autres pièces seraient terminés et fixés sur place, pour faciliter le transport de l'engin qui dépassait les cinq mètres de diamètre. Il fut convenu de l'installer pendant les vacances de Pâques. Les élèves de Paul Vaysse enregistreraient le déroulement des travaux.

Le soleil, ce jour-là, était au rendez-vous. Jacques était venu de Lyon pour la circonstance et s'affairait déjà, lorsque le camion-grue apparut. La roue, solidement harnachée, se dessinait au loin. Les enfants applaudirent ; Arsène observait la scène d'un regard satisfait, tandis que de nombreux badauds gênaient la manœuvre. Le caméscope de l'instituteur enregistrait tous les mouvements.

Suspendue au câble de la grue, la roue descendait lentement.

— C'est comme quand on greffe un nouveau cœur, dit une fillette.

— Tu as raison, petite. Comme tu as raison ! fit Arsène, ému.

Les hommes parlaient d'une voix forte. Quand l'engin fut à sa place, un ordre jaillit :

— Allez-y, les gars, c'est bon !

Les ouvriers, à l'intérieur, poussèrent l'arbre déjà équipé de son engrenage solidaire qui rejoignit son logement au centre de la roue, la traversa et dépassa de plus d'un demi-mètre.

— C'est parfait, maintenant, les colliers de sécurité intérieurs et extérieurs...

Le camion se retira et l'on demanda à Arsène de faire tourner la roue à la main.

— Je n'aurais jamais pensé voir ça un jour, dit-il.

Jacques regrettait que Marjorie n'ait pu se libérer.

La roue se mit à tourner doucement. Ce n'était que deux cercles de ferraille nus et noirs, une structure munie de rayons, mais ça tournait, et le moulin semblait revenir à une vie nouvelle.

— Nous fixerons les aubes plus tard, dit Albaret ; je dois encore modifier l'axe vertical des meules et du blutoir et, pour ça, j'ai besoin de spécialistes. Mais ne craignez rien, monsieur Raudier, il y a des passionnés sur cette affaire, croyez-moi.

L'instituteur tenait ses troupes le mieux possible, surveillant particulièrement le bief rempli jusqu'au ras bord. Le ruisseau avait été généreux.

— Monsieur Marteillat, dit Jacques, j'oublie toujours de vous demander pourquoi il y a ici et là, dans les pignons du moulin, des pierres qui dépassent à l'extérieur, et même à l'intérieur.

— Ce sont des liens. Pour renforcer la solidité des murs, qui n'étaient parfois bâtis qu'avec de petites pierres, le maçon plaçait de temps en temps une grande pierre plate qui dépassait des deux côtés. On dit même que chaque fois que le maçon plaçait un lien, le propriétaire le récompensait...

103

— Je n'aurais jamais trouvé tout seul !

Quelques jours plus tard, l'anniversaire de la mort de son père provoqua chez Jacques, qui ne s'y attendait pas, une dépression assez sérieuse qui était sans doute le contre-coup d'une année vécue trop intensément, trop riche d'événements merveilleux, de travaux et de rêves. Marjorie vint passer un long week-end à Lyon et découvrit un homme découragé, prêt à abandonner son projet.

— Je ne suis pas l'homme qu'il te faut, répétait-il. Tu ne peux pas habiter à Chante-Perdrix, j'ai commis une erreur en t'entraînant là-bas ; il est encore temps de renoncer.

— Tu n'y penses pas ! Je suis heureuse de te suivre, et je te l'ai promis.

— Oui, peut-être... Je ne sais plus quoi faire ni que penser. Vraiment, il est encore temps, tu sais. Tout ce travail à faire, tous ces gens qui comptent sur moi ! Et ces deux femmes, cette Mathilde que mon père a aimée et qui l'accuse de déloyauté, et cette vieille femme tombée dans la démence !

— Nous y verrons plus clair dans quelque temps. En attendant, profitons de ces moments ensemble !

Marjorie usa de trésors de tendresse pour redonner le sourire à Jacques. Elle y réussit, mais tous deux savaient maintenant qu'il ne fallait plus tarder très longtemps. Ils avaient besoin de voir leur rêve prendre forme, et de vivre ensemble. Bien sûr, il était à prévoir que des travaux aussi importants prendraient un peu de retard, mais ils décidèrent de ne pas attendre leur achèvement.

Ils achetèrent un mobil-home qu'ils installèrent dans le verger attenant au moulin. Les meubles de l'un et de l'autre ne représentaient pas un volume si important, et Georges Peyroux leur trouverait un endroit pour les entreposer provisoirement. La cave de Jacques (trois cents bouteilles) posa un léger problème, mais les Marteillat avaient une cave qui pouvait recevoir ces Châteauneuf-du-Pape, ô combien précieux.

Les mois passèrent, et ce fut de nouveau le mois de juillet.

6

Mirepaille resplendissait sous le soleil. Un peu plus bas, le moulin attendait sa résurrection. Que de paroles furent dites, de bonnes et de moins amènes ! La famille Peyroux était l'objet de tous les commentaires.

Lorsque Marjorie et Jacques arrivèrent, chacun dans sa voiture, la vue de la roue enfin installée les remplit de bonheur.

Marjorie avait deux expositions en cours, l'une à Paris, l'autre à Tours, ce qui demandait des contacts réguliers. Jacques, débordant d'enthousiasme, pouvait respirer à pleins poumons. Chaque soir, le ruisseau l'endormait, et chaque matin c'était lui qui le réveillait. Son rêve coulait entre les berges de la Rivole.

Petit à petit, ils prirent pied dans leur nouvelle vie. Un délai de deux ans fut jugé raisonnable, au-delà duquel les ressources financières poseraient d'autres problèmes, mais tous deux débordaient d'optimisme.

Le moulin ne serait ouvert au public que dans quelques mois. Il faudrait alors organiser une campagne d'information et de publicité.

Presque tout fonctionnait, à présent. La roue tournait et la meule obéissait, on avait entendu le tic-tac du moulin. Seule manquait encore la turbine pour le blutoir. Et déjà, des curieux arrivaient.

Occupé au ravalement des murs, Jacques apparaissait parfois blanc ou gris de poussière. La brouette allait et venait ; brosses, racloirs, balais et pelles suivaient le mouvement. Marjorie, en jean, bottes et tee-shirt, ne demeurait pas inactive. Arsène s'endormait parfois sur son banc, près de son chat, oubliant le bruit du marteau de Jacques qui dégageait d'anciens crépis projetés là, un jour, par d'autres bras, pour consolider une pierre. Le jour passait ainsi et la nuit, souvent, les surprenait encore au travail.

Marjorie débarrassa de son contenu le vieil hangar qui devint un atelier, et Jacques s'équipa d'un établi, de quelques machines nécessaires aux travaux du bois, et d'une bétonneuse.

— Un jour, ce sera mon atelier de peintre, dit Marjorie.

A Mirepaille, personne ne les voyait. Ils

n'allaient jamais au village ; Georges venait les aider dans leurs travaux de maçonnerie quelques heures par jour. Et c'est ainsi qu'à la fin juillet, la salle des meules, dont les joints avaient été refaits, séchait, porte et fenêtres enlevées. Recouverts de protections, le blutoir et l'ensemble des meules demeuraient immobiles ; leur tour viendrait plus tard.

Marjorie avait quelques problèmes à régler concernant ses expositions de Paris et Tours.

— Partons trois jours, proposa-t-elle, tu ne t'es pas reposé depuis notre arrivée. Je t'emmène !

Jacques accepta et Arsène se vit confier la garde du moulin. Enfin, une responsabilité !

— Trois jours sans toucher une truelle, mes mains me manifesteront de la gratitude ! Et à toi aussi, Marjorie...

A Paris, elle lui demanda :

— La foule ne te manque jamais ? Un mois sans bouger, sans voir personne...

— Où que je sois, si c'est avec toi, je suis bien, répondit Jacques. Une escapade de temps en temps, oui, pourquoi pas, mais de courte durée. Par exemple, pour aller dans la vallée du Rhône, près de Châteauneuf... Je me suis habitué à la Rivole et à son murmure. Mais toi, Marjorie ?

— Je ne suis pas originaire de la ville, tu

109

sais. Je ne regrette rien, sois tranquille. De plus, les affaires ont bien marché : j'ai vendu plusieurs toiles.

— On va pouvoir faire la fête !

— Pas du tout, ce sera des réserves pour l'avenir, dit-elle fermement. Tu oublies que je suis auvergnate !

A leur retour, Arsène les informa que des journalistes de FR3 Auvergne, intéressés par le moulin et les travaux, avaient demandé à les rencontrer.

— Ils reviendront, dit-il. Tenez, voici leur carte qu'ils m'ont prié de vous remettre.

— Tiens, dit Jacques, on intéresse un média ! C'est bien, mais il faut attendre que tout soit en ordre !

En août, il y eut la fête votive. Quelques manèges, des forains, un bal sous chapiteau, un concours de quilles, une messe avec groupe folklorique...

On avait installé une batteuse avec sa locomotive à vapeur sur la place du village, et à côté d'une immense meule de gerbes. L'après-midi était chaud, les machines se mirent au travail dans le bruit, la poussière et les cris des enfants et des hommes qui reproduisaient avec entrain les gestes d'autrefois. Les gerbes étaient jetées sur la batteuse, déliées, écartées, puis englouties. Les lattes bougeaient, les courroies sifflaient et l'ensemble mugissait sous le soleil. La chaudière fumait et tremblait sans jamais faillir, transmettant sa force par une large courroie croisée à la batteuse. Les grains emplissaient les sacs de jute, et la paille, saisie par les griffes de la botteleuse, se retrouvait liée. La foule se pressait, attentive et joyeuse, pour regarder ce temps passé.

— Tu vois, dit Jacques, c'est sûr que notre moulin intéressera les gens. Nous faisons partie de la chaîne qui assure ou assurait tout, « des semailles aux ripailles ».

Septembre amena la rentrée des classes et, avec elle, une nouvelle visite des écoliers au moulin. L'avancement des travaux s'inscrivait dans les cahiers, en même temps que le suivi de la culture des céréales. Les élèves élaboraient leur travail avec photos et films, et Paul Vaysse leur promit de boucler le projet en apothéose.

Jacques voulait que les joints extérieurs soient terminés avant Noël. Albaret lui conseilla de remettre l'entreprise au printemps. Un seul homme ne pouvait effectuer autant de travail aussi rapidement, même avec l'aide de Marjorie : échafauder, préparer le mortier, le monter, faire les joints, sans compter le nécessaire sablage des pierres. Jacques suivit le conseil et se consacra donc à la remise en état de tout ce qui était proche des meules.

Marjorie avait déposé sa demande de mutation et était en disponibilité de l'Education nationale durant une année, pour convenance personnelle.

Devenu menuisier, Jacques relevait les plans, traçait, coupait, sciait, ajustait et changeait les pièces indispensables. De la trémie à l'archure, tout fut remis à neuf, poli, teinté comme les pièces anciennes. Arsène approuvait et félicitait.

La nouvelle lui parvint un matin qu'Eugénie Geneste était morte à l'hôpital psychiatrique. L'enterrement aurait lieu deux jours plus tard, au village. Jacques et Marjorie décidèrent de s'y rendre. Une foule importante se pressait à l'église et sur la place. C'était le dernier au revoir à la mère de l'institutrice du village. « Qui faudrait-il enterrer à Lyon pour réunir autant de monde ? » se demandait Jacques.

Quelques jours plus tard, une rumeur courut le village, qui désignait Jacques comme le principal responsable de ce qui était arrivé à Eugénie — son départ pour l'hôpital et le reste. C'est une des faiblesses humaines que de vouloir que tout malheur ait forcément un responsable.

A la fin de l'été, Marjorie avait peint un premier tableau depuis leur installation au village : une vue du moulin, bien sûr.

A la mi-novembre, les premières froidures enserrèrent les terres et le moulin. La pièce au-dessus des meules fut réquisitionnée pour l'atelier de Jacques et l'on ralluma la cheminée. Arsène, ravi, s'installait auprès de Jacques et le regardait manier et travailler ses morceaux de bois. Les deux hommes discutaient interminablement, chacun s'accordant à l'humeur de l'autre.

L'ensemble à moudre faisait la fierté de Jacques, qui le regardait mille fois par jour. Restait à s'occuper du blutoir, et là, il y avait à faire.

Jacques eut besoin d'aide pour démonter le coffre du blutoir, aussi fit-il appel à Georges Peyroux.

— Ce serait bien de monter ça à l'étage. J'aurais tout le temps pour le refaire et je serais au chaud, la cheminée fonctionne bien.

Que se passa-t-il ? Ils ne surent jamais le dire. Quand ils voulurent enlever le tamis, la grosse poulie sortit de son axe et chuta. Georges eut le réflexe de reculer son buste, mais pas la jambe sur laquelle il prenait appui. Jacques entendit un bruit sec ; il craignit aussitôt le pire, car Georges souffrait terriblement. Marjorie appela médecin et ambulance.

On s'affairait autour de Georges, qui gémissait tout en répétant :

— Ce n'est pas de sa faute, non, ce n'est pas de sa faute !

De quelle faute voulait-il parler ?

— Nom de Dieu ! dit Arsène, qui ne jurait que dans les grandes occasions.

Le médecin constata la fracture et l'ambulance emmena le blessé, accompagné d'Alice et de Marjorie, aux urgences du centre hospitalier d'Aurillac. Assis sur un tas de planches, la tête entre ses mains, Jacques restait muet, les yeux fixés au sol.

Arsène s'approcha de lui, posa doucement ses mains sur ses épaules.

— Une jambe, ça se répare, mon garçon. Mais pour le reste, va y avoir des problèmes !

— Quels problèmes ? Une jambe cassée, ce n'est déjà pas si mal, et je ne suis pas assuré pour M. Peyroux.

— Vous étiez bien boulanger, il me semble ?

— Oui.

— Alors, vous savez ce qu'il vous reste à faire.

Jacques leva la tête, ouvrit de grands yeux.

— Le pain, la boulangerie, mais c'est vrai, bon sang !

114

— Vous avez quand même de la chance, Jacques. Je garderai les lieux, comptez sur moi.

— Merci, monsieur Marteillat.

— Je voudrais te tutoyer, et que toi tu m'appelles Arsène. Tu ne crois pas que ce serait bien mieux, depuis le temps ?

— Merci, Arsène.

Jacques prit sa décision sur-le-champ.

Après un rapide rangement, il se changea et se rendit au village. Il trouva Marthe à la caisse de la boulangerie. C'était une voisine de la famille Peyroux, qui venait quelquefois prêter la main, en cas de besoin. Elle paraissait affolée.

— C'est une catastrophe qui est arrivée ! gémissait-elle. Une catastrophe. Jamais on n'a vu M. Peyroux en arrêt de travail ! Qu'allons-nous faire ?

— Calmez-vous, Marthe, calmez-vous...

— C'est facile à dire, mais nous n'avons plus personne pour faire le pain ; il va falloir le faire venir de je ne sais où.

— Vous permettez que j'aille au fournil ? Venez avec moi si vous voulez.

Intriguée, Marthe suivit Jacques. Il observa de fond en comble le pétrin, le four électrique, les divers outils, les réserves de farine.

— Vous y connaissez quelque chose, vous, dans tout ça ? fit Marthe.

Jacques ne répondit pas. Il retrouvait l'odeur du fournil et cette blancheur de farine qui envahit tout, du sol au plafond. Il saisit certains appareils, laissa courir sa main sur la table de préparation.

— Voilà deux heures qu'ils sont partis, dit-il ; on pourrait appeler les urgences.

Jacques réussit à joindre Marjorie. Avec l'aide de calmants, Georges Peyroux allait aussi bien que possible. Sa jambe avait été plâtrée, y compris une partie du pied, mais son premier souci était sa boulangerie et ses clients.

— Rassure ton père, dit Jacques. Un ouvrier-boulanger a téléphoné et commencera demain à la première heure, s'il est d'accord.

— Nous serons à la maison vers dix-neuf heures, répondit-elle. Mon père ne veut pas rester ici, et il prendra la décision lui-même. Sache qu'il ne t'en veut pas.

Marthe, qui avait entendu, demanda, quand il eut raccroché :

— Alors, comme ça, un mitron va venir ? Comment le savez-vous ?

— Nous allons attendre M. Peyroux, ne vous inquiétez pas, Marthe. Il va bien et il a un beau plâtre à la jambe.

— Il n'a pas fini de s'énerver, surtout avec quelqu'un devant son four !

Des clients entrèrent ; Marthe les servit

116

tout en leur racontant l'accident dans ses moindres détails, même ceux qu'elle ne connaissait pas, et même qu'il y avait déjà un remplaçant au fournil.

Jacques retourna au moulin ; il eut une pensée pour son père. « Papa, ton fils va faire du pain, comme toi ; ça me changera du pain industriel... Je ferai de mon mieux, mais il faudra que tu m'aides ! »

La nuit tombait, et le froid avec elle, et la cheminée du moulin ne fumait plus. Vers dix-neuf heures, Jacques remonta au village. Quelques voisins attendaient son retour, inquiets, en compagnie de Marthe.

Lorsque l'ambulance arriva, ce fut un beau remue-ménage. Jacques, qui se sentait responsable, ne savait trop quoi dire. Georges le perçut :

— Ne t'en fais pas, Jacques, ça va aller. Où est ce mitron dont Marjorie m'a parlé tout à l'heure ?

— Il va repasser vers huit heures.

— Même avec une jambe dans le plâtre, je préfère rester ici.

— Calme-toi, tu dois bouger le moins possible.

— Je vais pouvoir marcher avec mes béquilles dans deux ou trois jours. Alors, ce mitron, il arrive ? Demain, il y aura des clients.

— C'est moi, le mitron, dit Jacques. Dites-moi les quantités qu'il vous faut. Demain, à sept heures, le pain sera prêt.

— Jacques ! s'exclama Marjorie.

Alice le prit dans ses bras.

— Merci, Jacques, on n'avait pas pensé à vous. Nous n'y avions pas songé une seule seconde ! Vous croyez vraiment que...

— Oui, si Georges veut bien de moi. Qu'en pensez-vous, patron ?

Georges tendit la main à Jacques, les yeux mouillés d'émotion. Il ne put lui dire un seul mot sur l'instant. Puis :

— Et ton moulin ?

— Il attendra que vous soyez guéri ; le blutoir est toujours en bas. Alors combien de pains et de baguettes pour demain ?

Ce fut là le seul contrat qui lia les deux hommes.

— Je serai là à minuit, dit Jacques. A tout à l'heure.

Voilà comment Jacques Raudier devint, pour quelques semaines, le boulanger de Mirepaille.

Les deux premières nuits, Georges ne put dormir ; sa jambe lui faisait trop mal. Il attendait que Jacques vienne lui demander conseil, mais l'autre n'en fit rien. Chacun avait sa fierté. Au premier matin, Jacques lui monta un pain et une baguette et attendit une remarque.

— Ce n'est pas la même chose, fit Georges, mais c'est bien, c'est parfait. Si ton père voyait ça ! Pour le pain bis, nous le faisons tous les deux jours.

Au village, les commentaires allaient bon train, mais pas un seul client ne manquait à la boulangerie Peyroux. Pour la pâtisserie du samedi et du dimanche, Jacques improvisa un peu, mais il eut l'idée de faire éclairs et mille-feuilles plus gros. Quant aux croissants, ils avaient une saveur particulière. C'était gagné !

Au moulin, Arsène descendait presque tous les jours allumer le feu dans ce qui avait été l'atelier. Jacques y travaillait les après-midi. On approchait de Noël, et Marjorie terminait une nouvelle toile représentant un village sous les teintes chaudes de l'automne.

7

Le 24 décembre, la boulangerie ferma ses portes à vingt heures : il y avait toujours des retardataires. Jacques et Marjorie descendaient au moulin, heureux du travail accompli. Marjorie avait préparé une soirée pour amoureux. Ils auraient pu choisir de dîner aux Tisons mais pour ce premier Noël ensemble, c'était près du moulin qu'ils voulaient rêver.

Quand ils arrivèrent à proximité de chez eux, ils aperçurent des dizaines de lueurs.

— Que se passe-t-il ? demanda Jacques.

— Je ne sais pas, mais c'est beau !

Une allée de lumière vers le moulin, puis la roue, avec plus de cinquante petites flammes réparties sur les aubes, les axes, les murs, une véritable féerie, et personne. Ils finirent par découvrir Arsène qui les attendait près de la cheminée allumée.

Marjorie se précipita.

— Que se passe-t-il, Arsène ?

— Ce sont les enfants des écoles qui ont voulu vous remercier ; ils m'ont chargé de vous le dire. Quelques habitants du village les ont aidés, d'ailleurs.

— Nous remercier de quoi ? Nous n'avons rien fait.

— Tu as arrêté les travaux du moulin pour remplacer le boulanger, sans que personne ne te le demande, dit Arsène en regardant Jacques dans les yeux. Ici, à la campagne, on ne déploie pas la fanfare pour remercier les gens, mais parfois, on leur fait une surprise.

Dans un même élan, tous deux embrassèrent Arsène, et Jacques, serrant Marjorie contre lui, avait les larmes aux yeux.

Ils trinquèrent tous les trois à la prospérité du village, à la santé de tous. Puis Jacques raccompagna chez lui Arsène Marteillat, tout émoustillé.

Jacques et Marjorie avaient été revigorés par l'illumination de leur moulin. Sans doute Paul Vaysse et ses écoliers, qui suivaient de près leur histoire, avaient-ils voulu marquer par ce geste leur présence et leur amitié. Jacques remarqua que les bougies reposaient toutes sur une pierre plate, afin d'éviter toute détérioration. Il décida de n'en éteindre aucune, pour laisser l'endroit sous la magie étrange de ces flammes qui se tordaient parfois en des mouvements bizarres.

Une douce atmosphère régnait dans le mobil-home. Pas de robe du soir ni de smoking, mais une application particulière pour ce premier réveillon chez eux. Marjorie avait concocté un menu de circonstance.

Quand le champagne fut servi, les coupes entrechoquées, Marjorie dit doucement à Jacques :

— J'ai un cadeau pour toi, mon amour.
— Marjorie, nous avions décidé de ne...
— Jacques, j'attends un enfant.
— Marjorie ! Tu es sûre ?

Pour toute réponse, il reçut la lumière de son sourire.

— Merci, mon amour, merci ! C'est le plus beau Noël de ma vie.

Dehors, les bougies s'éteignaient une à une. Elles avaient embelli une nuit unique, comme les étoiles avaient indiqué le chemin de Bethléem, deux mille ans plus tôt.

En ce 25 décembre, Jacques redoublait d'enthousiasme dans son fournil. Tout était si facile ! Même les farines paraissaient se comporter plus docilement que les autres jours... Jacques aurait voulu pétrir de ses mains, les plonger dans cette pâte tiède, la soulever, la brasser, la malaxer, pour lui transmettre un peu de lui-même. Pourtant, il ne dit rien à Georges Peyroux, laissant à Marjorie le privilège de cette annonce.

Lorsqu'arriva l'heure du repas, au moment du traditionnel apéritif, Georges prit la parole :

— Je voudrais trinquer à votre santé, les jeunes ! Toi, Jacques, sache que tu ferais un excellent boulanger. A partir du 1er janvier, j'assurerai de nouveau seul la fabrication du pain. Encore merci à vous.

Jacques fit un léger signe vers Marjorie...

— Je voudrais aussi vous dire un mot, dit-elle. Juste un mot. Vous allez être grands-parents !

— Alors c'est le champagne qu'il nous faut, Alice ! s'écria Georges, euphorique.

La fin de l'année fut heureuse pour tous, les gens du pays avaient adopté Jacques.

Certains l'avaient complimenté sur le pain de seigle, d'autres sur les baguettes, et surtout sur la grosseur des gâteaux.

Seule Mathilde ne s'attardait pas à la boulangerie, sitôt servie, sitôt partie, évitant de rencontrer Jacques. Ils ne s'étaient plus jamais reparlé depuis le jour où elle était venue au moulin.

Après l'accident de Georges Peyroux, le travail au moulin avait fortement ralenti. Les après-midi d'hiver trop courts n'avaient pas permis la réfection totale du blutoir ;

seules quelques pièces du tamis attendaient leur assemblage. Quand ils manipulèrent le bas du coffre, sous la crasse aussi vieille que le moulin, des traces d'écriture apparurent, qui finirent par former une phrase, peinte sans doute comme on décorait les pendules anciennes, au sang de bœuf, et enluminée de quelques motifs en forme de fleurs. Elle disait : « Avec de l'eau, de la pierre et du grain, je suis le maître du monde ! »

— Je l'avais complètement oublié ! s'écria Arsène. C'est mon grand-père qui avait fait écrire ces mots par un artiste-colporteur, en échange de son hébergement.

— Nous garderons cette décoration, dit Jacques. Elle est extraordinaire. Ce sera une curiosité de plus.

— Vous faites de l'extraordinaire avec peu de chose, vous les jeunes ! dit Arsène.

En janvier, Albaret mit en place la turbine pour le blutoir. Jacques pensa alors qu'il serait intéressant de ménager une vue directe sur le fonctionnement de la turbine, au moyen d'une baie de plexiglas ou de verre dans le plancher. Un éclairage du sous-sol permettrait d'observer l'ensemble.

Albaret approuva l'idée et se mit en quête de matériaux.

— Et si on sablait les pierres à l'extérieur ? demanda ensuite Jacques.

— Ce serait bien, vous retrouveriez

l'aspect d'origine, et ces pierres sont très belles. C'est du granit contenant des minéraux où le fer est partiellement oxydé, ce qui donne ces tons de crème, ocre, brun ou rougeâtre. Avec des joints à la chaux, ça donnerait à votre moulin un cachet exceptionnel.

— Alors, nous sablerons ! Je voudrais que tout soit prêt pour l'été, et je ne veux plus que Marjorie travaille.

Paris et Lyon disparaissaient petit à petit de leurs pensées. Jacques et Marjorie s'enracinaient dans cette partie de l'Auvergne qu'on appelle la Châtaigneraie cantalienne, dure et âpre, mais qui correspondait à la vie qu'ils avaient choisie.

Albaret installa l'échafaudage, le compresseur et le sable nécessaire à l'ouvrage. Jacques s'adaptait à ce nouveau travail, suant, soufflant et souffrant. Marjorie l'encourageait de son merveilleux sourire. Dans les jours clairs, un nuage de poussière s'élevait au-dessus du moulin. Les pluies printanières lavaient le voile blanc déposé sur les feuilles des arbres du voisinage, et les pierres retrouvaient leur pureté d'origine. Les murs s'éclaircissaient, le moulin devenait jeune.

— On dirait qu'il est tout neuf, disait Arsène à Marjorie.

Puis Jacques entreprit les joints. Albaret

enleva le matériel devenu inutile et le moulin apparut enfin, méconnaissable. Les différentes teintes de ses pierres, tantôt marron, tantôt crème, parfois rouille, créaient une harmonie réussie.

Paul Vaysse et ses écoliers s'extasièrent une dernière fois avant la mise en route de l'été. Les premiers visiteurs commençaient à venir.

Arsène, ce jour-là, ne s'était pas présenté au moulin. Jacques travaillait seul au coffre du blutoir. Lorsque Marjorie entra dans l'atelier, elle le vit, assoupi sur une vieille chaise, la main sur ses outils.

Elle s'approcha tout doucement. Il dormait comme un bienheureux. Marjorie ne le réveilla pas ; elle était consciente de son épuisement. « Que n'a-t-il pas fait pour nous ! », se dit-elle en posant une main protectrice sur son ventre.

A quelque temps de là, une grosse voiture se gara à proximité du moulin. Un homme et une jeune femme, très élégants l'un et l'autre, en descendirent. L'homme se présenta.

— Gilles Rubisconi. Et ma collaboratrice, Anne-Claire. Nous représentons la société « Murs et Chaumières » et nous recherchons, pour nos clients français, et surtout étrangers, des sites particuliers. Nous avons une demande pour un moulin, et nous avons appris que vous restauriez celui-ci...

— Vous arrivez trop tard, le coupa Jacques, je l'ai acheté il y a à peine un an.

— Votre prix sera le nôtre, reprit l'autre comme s'il n'avait pas entendu. Si vous êtes raisonnable, nous multiplierons par deux votre prix d'achat. Réfléchissez. Vous n'aurez pas tous les jours une offre pareille.

Jacques, par jeu, se tourna vers Marjorie :

— Qu'en penses-tu, Marjorie ? C'est là une belle occasion ?

— Peut-être devriez-vous vous asseoir, madame, fit l'agent d'affaires, aussitôt extraordinairement prévenant. Je vois que vous...

— Je vous remercie, monsieur, je vais bien.

— Combien me proposeriez-vous pour ma terre, demanda Jacques en la désignant d'un large mouvement du bras qui allait du ruisseau au verger.

— Voyons, le moulin est très ancien... Ce sont de vieilles constructions, vous savez, et il n'est pas très grand. Seule la roue est neuve et...

— Bref, parce que vous nous croyez intéressés, vous cherchez à négocier au plus bas... Remontez dans votre voiture et ne remettez jamais les pieds ici ! Vous achetez pour revendre avec le travail fait par les autres ! Nous, nous l'avons acheté pour y être heureux ; c'est toute la différence.

— Vous y viendrez bien un jour, lança l'homme, piqué au vif. Ils y viennent tous !

— Savez-vous nager, monsieur ? Les canards pourraient avoir de la compagnie...

La jeune femme, qui n'avait pas dit un seul mot, tourna aussitôt les talons — des talons d'ailleurs un peu trop hauts pour la campagne — et rejoignit, la première, la voiture.

— Quels paysans ! dit-elle.

Marjorie éclata de rire.

— Tu vois, Jacques, tu t'intègres !

Quand ils racontèrent l'histoire à Arsène, celui-ci s'écria :

— Je les aurais foutus à l'eau, à votre place ! Quant au moulin, vous ne ferez jamais ça ?

— Jamais, vous le savez bien.

Pâques ne tarderait pas ; le temps s'adoucissait chaque jour. Arsène demanda à Marjorie :

— Ce petit qui va arriver, vous ne voulez pas l'élever dans cette caravane ?

— Mais si ! Un jour nous vivrons ailleurs, mais pour le moment, nous y sommes très bien. Le moulin saura nous attendre un peu.

— Quand même, pour ce petit, ça me fait quelque chose... L'été, d'accord, mais l'hiver...

— Ne vous inquiétez pas, Arsène.

Au fond de lui-même, il ne comprenait pas. Même pauvres, ses ancêtres avaient tous vécu sous un toit, dans une maison.

Jacques et Marjorie avaient privilégié la restauration du moulin proprement dit. L'étage se ferait ensuite, mais le travail était énorme. Un jour, c'était sûr, ils l'habiteraient. Tout viendrait en son temps, mais patience...

Le printemps était là et le coucou — on dit au pays qu'il arrive toujours le 3 avril — dédiait à qui voulait l'entendre ses deux notes particulières. Les premières pâquerettes étaient sorties et les primevères jaunes — les « coucous » —, elles aussi ne tarderaient pas. Ayant bâti leurs nids en février et mars, les oiseaux s'affairaient à nourrir leurs petits dans les jours qui s'allongeaient.

La salle des meules était terminée. Tout ou presque avait été refait, consolidé, brossé, poli. Le bois et la pierre s'accordaient parfaitement. Le blutoir, rustique par son coffre, paraissait plus important que tout le reste, et son inscription se remarquait au premier coup d'œil. Il ne manquait plus qu'à fixer la toile du tamis sur les liteaux de bois.

Jacques réinstalla les outils et ustensiles indispensables, non sans en avoir préalablement révisé et astiqué certains, comme le boisseau en bois, une bascule, d'anciens râteaux, de vieux sabots de bois, une lampe à pétrole, deux tamis manuels de dimensions différentes. Portes et fenêtres arrimées dans leurs montants en pierre de taille de granit avaient été grattées, poncées et teintes couleur bois naturel. La porte fermait à double tour par une très grosse serrure et une clef énorme.

Arsène enseigna à Jacques le levage de la meule tournante par les crochets de la potence.

— Il ne manque plus qu'à terminer le blutoir et à apporter du grain pour faire les essais. Je m'arrangerai avec mon fils André.

8

— Marjorie, quand nous marions-nous ?
— Me demandez-vous en mariage, monsieur Raudier ?
— Oui, Marjorie Peyroux, dès que vous le voudrez.
— Disons à la mi-juin. Je serai bien grosse, ne pensez-vous pas ?
— Laissez-moi réfléchir. Si j'en cherchais une autre ? Je veux dire une autre femme...
— Début juin, alors...
Puis, abandonnant ce vouvoiement fantaisiste :
— Je ne pensais pas me marier à l'église, Marjorie, et aujourd'hui, je trouve tout naturel de me soumettre à ces traditions.
— On t'en aimera davantage au village. Tu deviendras définitivement un homme d'ici. De chez moi, dit-elle en l'embrassant.
— J'aimerais qu'Arsène Marteillat soit

mon témoin, dit Jacques. Crois-tu qu'il acceptera ?

— Tu parles, il sera ravi ! Je le lui demanderai, moi. Je voudrais lui faire ce plaisir. Tu imagines le jour où nous ne l'aurons plus ?

Mais le plus important, pour Jacques, c'était que la fête du mariage se fasse au moulin. La pièce, désormais unique, de l'étage ne serait pas tout à fait achevée, mais on s'en accommoderait.

Marjorie informa Arsène de leurs intentions à propos du mariage.

— A mon âge, vous n'y pensez pas ! Je ne suis plus à la mode, mes pauvres enfants, mes habits sont presque aussi vieux que moi...

Mais il ne mit pas longtemps à dire oui. Ses enfants l'emmenèrent à Aurillac pour lui acheter un costume, chez « Joly », malgré sa réticence à dépenser tant d'argent à son âge. Toute la famille Marteillat fut invitée, les trois générations, ainsi qu'Albaret et sa femme.

Le moulin rénové n'avait encore jamais moulu de grain. André demanda à Jacques de lui moudre quatre sacs de seigle. Ce fut la première commande et le premier essai réel.

Paul Vaysse et Jacques décidèrent d'un jour pour l'événement, auquel assisteraient les enfants de l'école, qui méritaient bien cette primeur. Le jour dit, Arsène surveilla les préparatifs. Les sacs de grains, debout et ouverts, attendaient. A l'aide d'un panier de bois, on remplit la trémie à ras bord de grains de seigle, en mêlant la ficelle de la clochette aux grains. La famille Peyroux, l'instituteur et sa classe, les Marteillat et quelques autres assistaient à l'opération.

L'eau débouda par la conduite de bois placée sur la partie supérieure de la roue. Après quelques secondes d'hésitation, celle-ci commença à se mouvoir et à tourner, répandant la chute de l'eau sur les aubes de bois toutes neuves. Les enfants applaudirent. Arsène était redevenu meunier.

Il régla l'espace des meules et ouvrit le clapet de la trémie qui laissa le passage au grain. Le tic-tac démarra. La meule tournante allait déjà vite et engloutissait le grain avec voracité. Arsène expliquait à Jacques la régulation du mouvement par le contrôle d'arrivée d'eau sur la roue, qui produisait un bruit extraordinaire de chute et de prodigalité. Les enfants émerveillés couraient des meules à la roue.

— Ça marche ! disaient-ils. Ça fonctionne !

Puis, la première mouture arriva rapidement dans le coffre destiné à la recevoir. Jacques ouvrit une petite trappe et l'on vit alors la mouture gicler d'entre les meules. Le tic-tac avait maintenant atteint un bon rythme et couvrait le bruit des meules dans l'archure.

Jacques décida de mettre le blutoir habillé de sa toile toute neuve en mouvement. Il rassembla les enfants autour de la surface vitrée qui permettait de voir la turbine, et ouvrit le débit de l'eau qui se jeta précipitamment sur les hélices qui répondirent aussitôt à la forte pression.

L'arbre vertical se mit à tourner, les engrenages se réveillèrent, les poulies suivirent et le blutoir commença sa rotation bizarre, accompagnée d'autres bruits réguliers que produisaient deux manchons de bois pendus par des ficelles, heurtant les armatures du tamis. Le blutoir tournait provisoirement à vide.

— Tout marche à merveille, voyez cette mouture, c'est beau ! s'écria Arsène, en plongeant sa grosse main dans ce mélange de farine et de son qu'il laissait retomber en bougeant ses doigts, tandis qu'une étincelle brillait dans ses yeux.

Axes, courroies, poulies et engrenages étaient à présent lancés dans une ronde infernale. Grimpé sur l'échelle de meunier, Jacques introduisit la mouture dans la trémie du blutoir qui l'avala. Puis, la fleur de farine vola la première, en nuage blanchâtre, vers le coffre. Le tamis, disposé légèrement en pente douce, rejetait le son sur sa fraction de droite, non vêtue de sa toile. En dessous, la séparation du coffre livrait d'un côté la farine, de l'autre le son.

Pour que chacun puisse mieux assister à l'ensemble des opérations, les portes des coffres avaient été laissées ouvertes. Un mince nuage blanc ne tarda pas à voler dans toute la pièce, à blanchir les têtes des curieux, et à brouiller la vue.

— Vous savez maintenant pourquoi les meuniers portaient toujours un bonnet !

Dehors, la roue continuait sa sourde ronde, éclaboussant les alentours. Les eaux utilisées et rejetées allaient rejoindre le fossé qui les dirigeait de nouveau vers le ruisseau d'où elles avaient été empruntées par l'écluse, en amont.

Albaret, fier de son travail, se tenait près des Marteillat. Arsène et Jacques discutaient. Paul Vaysse filmait, photographiait. On aurait dit que le moulin tremblait de toute part, transmettant aux hommes toutes ses vibrations qui prenaient jusqu'aux viscères.

Un enfant demanda à Jacques :

— Vous êtes le meunier, maintenant ?

— Chaque fois qu'on voudra moudre du grain, oui.

Ces merveilleux moments passèrent très

vite, et l'instituteur eut bien du mal à imposer le retour en ordre à ses élèves, ravis, émerveillés. Leurs correspondants de Vancouver en entendraient parler et pâliraient d'envie ! Le calme revenu, Jacques arrêta le système, en maîtrisant tout simplement l'arrivée d'eau. Marjorie ouvrit une ou deux bouteilles. Du côté du blutoir, quelques blancheurs volaient encore.

— Vous voilà satisfait, Jacques ? demanda Albaret.

— Oui, le plus dur est fait. Demain, je terminerai sans spectateurs. C'est un peu affolant, la première fois, quand tout marche en même temps...

— Ce n'est rien, ce n'est que de l'eau, de la pierre et du grain que l'on utilise comme il faut, intervint Arsène. C'est écrit quelque part !

Et il ajouta :

— N'oubliez pas de refaire l'eau chaque fois.

— Nous nous marions dans quinze jours, Jacques, y penses-tu ? demanda Marjorie, le soir.

— Je dois avouer que je pense davantage à notre enfant qu'à notre mariage.

— Que se passe-t-il ? Tout va bien, n'est-ce pas ? Tu as des soucis ?

— Ecoute, Marjorie, depuis bientôt un

an, nous nous sommes consacrés au moulin, nuit et jour, et c'est bien. Nous allons organiser des visites payantes, et tu vendras des peintures, mais est-ce suffisant ? La morte saison est très longue ici... Les revenus de la location de Lyon ne suffiront pas toujours. En septembre, il faudra que je trouve un travail.

— Tu me l'avais dit, Jacques, souviens-t'en. Et puis, de mon côté, peut-être aurai-je une bonne nouvelle, je le saurai en juillet. Je ne veux pas te voir triste, mon amour.

— Je ne le suis pas, mais je ne veux pas rester dans l'incertitude. Je vais faire des demandes d'emploi pour septembre, je voulais que tu le saches, Marjorie. Mon enfant aura un père comme tous les autres enfants. Nous avons réalisé le rêve de mon père, il est temps de penser au nôtre.

— C'est le même, Jacques. Regarde autour de toi : le moulin est magnifique, on veut te l'acheter, mais moi j'aimerais continuer à vivre ici. Ne t'inquiète pas.

— Je vais te dire la vérité, Marjorie. On m'a proposé du travail près d'Aurillac. Ils ont appris que j'avais remplacé ton père, les nouvelles vont vite dans la corporation.

— Tu vois, tout va bien.

— Non, parce que je ne suis pas venu ici pour aller travailler à cinquante kilomètres.

Je veux voir grandir mon enfant et ne pas m'éloigner de lui ni de toi.

— Tu es merveilleux, Jacques. Nous trouverons une solution et nous resterons ici !

La date du mariage approchait. La salle serait prête au dernier moment.

Un matin, un véhicule estampillé FR3-Auvergne se rangea près du mobil-home.

Les deux journalistes désiraient réaliser un reportage sur le moulin.

— Vous n'avez pas choisi le bon moment. On se marie samedi, vous voyez, nous préparons la salle.

— C'est parfait, c'est encore mieux, dit l'un d'eux.

Jacques n'avait pas l'air de cet avis, et Marjorie écoutait.

— Vous avez réalisé un travail phénoménal. Il faut montrer tout ça, c'est unique. Vous allez l'ouvrir au public ?

— En principe, oui, si nous avons les autorisations.

— Parlons de votre mariage.

Jacques et Marjorie, enfin convaincus, acceptèrent la présence d'une équipe de télévision, à certaines conditions.

Maurice Carrier, le maire, ceint de son écharpe tricolore, présidait fièrement la cérémonie. Quelques caméras portant le sigle FR3 lui firent enjoliver son discours. Ce n'était pas si souvent qu'on le cadrait de cette manière-là, et on le devina même un peu intimidé.

Arsène Marteillat, endimanché jusqu'au fond du cœur, signa le registre et dit en souriant :

— Je me rappelle plus comment je signe, ce n'est pas si souvent, et c'est peut-être la dernière fois...

Puis le cortège se dirigea vers l'église. Marjorie ouvrait la marche, au bras de son père. Arsène, qui souffrait dans ses chaussures — celles qu'il mettait pour les enterrements —, portait la tête haute et arborait un large sourire.

Marjorie attendait Jacques à l'entrée de l'église. Elle lui prit le bras et tous deux traversèrent la nef, jusqu'au chœur. Les cloches sonnaient à toute volée.

Ils s'unirent par les liens sacrés du mariage et promirent de s'aimer toujours. FR3, à ce moment-là, se fit discrète. L'abbé Bousset parla avec doigté et intelligence de ceux qui reconstruisent... Jacques, touché, se sentit enfin intégré au village. Il avait raison.

Les cloches se mirent à carillonner, les mariés apparurent sous le porche. Tous voulaient embrasser Marjorie. Les grains de riz pleuvaient. On glissa quelques télégrammes aux mariés. Puis le groupe se dirigea vers les Tisons pour l'apéritif général ; c'était aussi la tradition. Et Jacques pensa qu'un jour son père, grâce à un séminaire de boulangers...

Puis Jacques et Marjorie demandèrent aux invités de se rendre au moulin à pied. Le cortège se reforma sous un ciel bleu et prit la route de la Rivole.

— Il manque quelqu'un, dit Jacques à Marjorie, et ça me fait de la peine. Je ne l'ai pas vue depuis longtemps.

— Je suis sûre qu'on pourra se parler un jour, avec Mathilde, répondit simplement Marjorie.

Le plus grand désordre régnait dans le groupe. On traînait sur l'arrière avec Arsène qui avait enlevé sa cravate et répétait sans cesse : « C'est plus de mon âge... »

Il y avait déjà du monde au moulin. Que se passait-il donc ? Plus ils s'en approchaient, plus ils voyaient d'enfants qui faisaient une haie d'honneur aux mariés, des bouquets de fleurs à la main. Paul Vaysse, sans doute, n'était pas étranger à la chose. Tous se mirent à chanter. Marjorie et Jacques pleuraient d'émotion. Puis les enfants firent une ronde autour du moulin, encerclant les mariés, et tous entonnèrent *La Ballade des gens heureux*.

Jamais le moulin n'avait connu pareille fête. Arsène se mouchait pour cacher son émotion. Et tout à coup le moulin se mit en marche. La roue commença sa ronde sous les chants et les applaudissements. Discrètement, les fils Marteillat et Albaret avaient pris les commandes. Les mariés, que tous acclamaient, ne savaient que faire, sinon s'embrasser, et FR3 mit en boîte le plus sympathique mariage de l'année. Les mariés entrèrent les premiers, découvrant les cadeaux des parents et amis, puis tous les invités rejoignirent leur place, dans la salle du moulin. Une chaîne diffusait un air de cabrette retrouvé on ne savait où, vite submergé par les conversations. Il se passait là quelque chose d'exceptionnel, et Arsène affirma que c'était, à coup sûr, le premier mariage au moulin de la Rivole. Le menu était remarquable et les vins — des Côtes-du-Rhône fins et veloutés — également.

Le temps passa vite, et déjà les hommes rangeaient les tables contre les murs de la salle, de manière à libérer un espace pour la danse. Marjorie ouvrit le bal avec Jacques.

Cela commença par des valses, mais on entendit vite retentir la première bourrée. A la surprise générale, Arsène s'avança pour la bourrée à quatre. Il n'avait plus vingt ans, on fut indulgent. Les trois autres danseurs étaient Alice et Georges Peyroux, et Mme Albaret qui, dans sa jeunesse, avait été membre d'un groupe folklorique.

Et les quatre danseurs évoluèrent avec vivacité, se déplaçant latéralement ou se croisant, le buste droit, les jambes bougeant au rythme rapide de *La Montagnarde*. Les bras des hommes, levés comme des balanciers, équilibraient la grâce et la légèreté de leurs partenaires.

Les spectateurs, un peu ébahis, cherchaient à saisir la mesure ternaire et à la marquer.

Les Marteillat partirent les premiers ; Arsène avait si mal aux pieds qu'il ne pouvait plus supporter ses chaussures. Les autres aussi rentrèrent chez eux, petit à petit.

Chante-Perdrix était redevenu calme et silencieux dans la nuit tiède de juin. Jacques serra sa femme contre lui.

— Enfin seuls ! soupira Jacques. Où est la tradition de s'enfuir avant tout le monde, pour que les invités nous recherchent ?

— Presque seuls, à trois... Il bouge, ton enfant !

— Je l'espère bien ! Regarde comme le ciel est beau, mon amour ! Entends-tu ce que te dit la Rivole ?

— Elle me dit qu'il est bien tard. Ou bien tôt...

— Viens, dans quelques heures il fera jour !

9

— Si je ne reçois pas de proposition de l'académie, déclara Marjorie, je prolonge ma disponibilité d'un an, ou bien je prendrai un congé parental...
— Ne te tracasse pas, tout ira bien, répondit Jacques. Par contre, je viens d'apprendre que le projet de pisciculture tombe à l'eau, si je puis dire, car pour avoir le droit de construire des bassins, il faut être propriétaire du terrain des deux côtés du ruisseau. Nous ne pouvons pas investir dans l'achat d'autres terrains, pour l'instant, et je ne veux pas vendre ce qui me reste à Lyon ; c'est notre seule garantie.
— Je vais rapatrier ici toutes mes toiles, les exposer comme prévu, et nous commencerons les visites en juillet ! Le moulin est prêt.
— Mais tu ne peux pas, dans ton état !

— Je peux très bien, au contraire !

Ils avaient quinze jours pour installer leur galerie, contacter la presse locale.

Huit jours après le mariage, FR3-Auvergne diffusa le reportage. Le village était à l'honneur. Marjorie apparaissait radieuse, puis l'on vit la ronde autour du moulin, la roue en marche, la meule et le blutoir en action — c'était vraiment du beau travail, et l'émission se terminait par l'annonce de l'ouverture du moulin au public, avec les dates, les heures, les itinéraires...

Ils trinquèrent tous à l'événement. Déjà le téléphone sonnait. Il était temps de trouver un nom que les gens retiendraient facilement.

— Le moulin de Marjorie ! proposa Jacques. C'est tout simple ; c'était ton rêve à toi aussi, n'est-ce pas ?

— C'est vrai, et je rêve encore.

— Deux femmes ont rêvé de ce moulin avant toi : Eugénie Geneste et Mathilde et peut-être d'autres auparavant, va savoir. C'est décidé, ce sera LE MOULIN DE MARJORIE.

Jacques prit contact avec le maire pour lui annoncer le nom qu'il venait de donner au moulin. Celui-ci appela *La Montagne* qui titra son reportage du lendemain : « Le Moulin de Marjorie ».

Paul Vaysse avait enregistré le reportage

de FR3. Il fit un montage savant qui clôtura son projet, et qu'il intitula *Des semailles aux ripailles, Auvergne, an 2000,* destiné aux correspondants de Vancouver.

Juillet était là. Jacques avait acquis les droits pour exercer, acheter grain et vendre farine, ou moudre simplement. Le maire l'avait aidé dans ses démarches.

Dès le premier jour, on vit arriver des voitures. L'entrée était fixée à trente francs pour les adultes, et quinze pour les enfants, et donnait droit à la visite de la salle des meules. Marjorie accueillait les visiteurs, et son mari les dirigeait vers le moulin. Les questions étaient nombreuses et Jacques, à sa grande surprise, répondait sans hésiter. Arsène lui avait tant appris !

Marjorie fit visiter son exposition et vendit une toile. Cette première journée était donc une belle réussite. Les jours passaient et chacun ou presque amenait à Chante-Perdrix son lot de visiteurs. Le 14 Juillet, on vit arriver un car de touristes. Des Suisses, traversant l'Auvergne, avaient décidé de découvrir ce moulin. Quarante-cinq personnes à la fois envahirent le moulin de Marjorie !

Un soir que Jacques racontait ces premières visites aux parents de Marjorie, Georges l'interrompit brusquement :

— J'ai décidé d'arrêter prochainement la boulangerie, déclara-t-il. Je me sens moins en forme physiquement ; les années passent et je n'ai plus la force de mes vingt ans.

— Toi, papa ?

— Oui, et je voudrais lever le pied, comme on dit, à la fin de l'année. Avant que ça ne s'ébruite, je tenais à vous le dire à vous, et en particulier à toi, Jacques.

— Vous vendriez votre affaire ? demanda celui-ci.

— Vendre à un étranger ou céder à un gendre, il faut bien choisir, tu comprends ? Ici, ça te ferait plus court que d'aller jusqu'à Aurillac...

Jacques et Marjorie se regardèrent ; ils ne savaient quoi dire.

— Tu ne me l'aurais jamais demandé, Jacques, n'est-ce pas ? reprit Georges.

— Non, je ne suis pas venu pour ça.

— Ta fierté t'honore, mon gendre. C'est vrai, tu ne m'as jamais rien demandé, mais aujourd'hui, c'est nous — Alice et moi — qui te proposons de prendre la succession, tout en sachant que tu n'as pas voulu de celle de ton père.

Ni Marjorie ni Alice n'avaient dit mot. Jacques ne savait où poser son regard.

— Réfléchissez tous les deux, dit Georges. Nous avons fait de même avant de vous en parler. Ton histoire, Jacques, et celle de ton père ont pesé dans notre décision. Il faut savoir choisir entre le bonheur et les regrets.

— Je ne m'attendais pas à cette proposition si rapidement. Si je pouvais... Mais oui, on va réfléchir avec Marjorie. Merci de votre confiance.

— Alors, on le prend, cet apéro ? lança Georges. On meurt de soif, chez ce meunier !

L'ambiance, pourtant, manquait d'entrain. La proposition de Georges avait fait l'effet d'une bombe.

— Oublions tout ça, dit Alice. Ce soir, il y a un bal sur la place et un feu d'artifice, c'est le 14 Juillet !

— Tu sais, maman, je crois que nous resterons ici tous les deux ; je commence à peiner moi aussi, dit Marjorie en riant.

— Tu as raison, ma fille. Tu es toujours sûre de vouloir accoucher ici ?

— Oui, maman. Mais pas dans la caravane, rassure-toi. Au moulin. Nous avons tout prévu.

— Mon Dieu, tu vois bien, Georges, qu'ils ne sont pas comme tout le monde !

— C'est comme ça que je les aime, moi, fit Georges.

— Quand nous l'avons dit à Arsène, reprit Marjorie, il a déclaré : « Ça, c'est une bonne chose. » Naître dans un moulin en l'an 2000, n'est-ce pas magnifique ?

149

— J'en connais un qui est né dans une étable, il y a près de vingt siècles, dit Jacques, et on en parle encore !

Les jours suivants, les visiteurs continuèrent à venir à Chante-Perdrix. Jacques ouvrait le moins possible l'écluse du ruisseau, car c'était l'été. Assez, cependant, pour pouvoir faire tourner le moulin chaque jour. Jamais il n'avait autant écouté la météo.

Arsène passait souvent en fin de matinée. L'après-midi, il ne se sentait plus chez lui avec tout ce monde, et son chat ne supportait pas le dérangement, ni le bruit que faisaient les enfants.

— Alors, il tient le coup, mon moulin ?
— Oui, Arsène, tout va bien. Je commence à bien le connaître maintenant ; ce n'est pas comme au début, j'avais un peu peur.
— Il est reparti pour un siècle, ton fils pourra prendre la succession.

« Quel homme, ce vieil Arsène ! se disait Jacques en souriant. Sans lui, je n'en serais pas arrivé là. »

Chaque jour, le couple parlait de la proposition de Georges.

— C'est ta fierté qui te fait hésiter, lui disait Marjorie. Mais c'est une chance pour nous.

— Je ne peux accepter qu'à condition

qu'on garde le moulin : le matin là-haut, le reste du temps ici. On a trop peiné pour renoncer.

— Voilà la solution, c'est tout simple ! s'exclama Marjorie. Et moi je continue à peindre, à exposer au moulin. Plus besoin de partir.

— Chiche ?
— Chiche !

Pour la fête du village qui se déroulait ce premier dimanche d'août, Jacques fournit de la farine à Georges, qui avait décidé de cuire un pain baptisé « le pain de Marjorie ». Il se vendrait à la fois au moulin et à la boulangerie. C'était un pari des deux hommes. Cinquante tourtes, mi-blé, mi-seigle, avec sur le dessus, à la place des habituelles hachures que fait le boulanger avant d'enfourner, quelques coups de lames dessinant la silhouette du moulin, un cercle avec des rayons pour la roue. L'essai, réalisé trois jours auparavant, avait été concluant.

Jacques avait embauché une jeune fille du village pour vendre le pain au moulin, Marjorie s'occupant des entrées et de son exposition.

Lorsque Jacques et Arsène virent la foule qui se dirigeait vers le moulin, ils furent pris de panique.

— Si ça dure jusqu'au soir, dit le vieil homme, tu n'auras pas assez d'eau.

— Tout ce monde me fait peur, Arsène...

Là-haut, au village, l'animateur annonçait qu'après la batteuse, il y avait le moulin de Marjorie à visiter, un moulin à roue, unique en France. Il exagérait passablement, mais personne n'y trouva à redire.

De tout l'après-midi, le moulin ne désemplit pas. On manqua de grain et Arsène dut appeler son fils. La roue, dans sa sourde ronde, semblait ne plus vouloir s'arrêter. C'est à peine si, de temps en temps, Jacques la calmait. Les trente tourtes descendues au moulin furent achetées en un temps record, de quoi donner des regrets...

Marjorie vendit deux toiles, et Jacques, dépassé par les événements, répondait inlassablement aux visiteurs. Il n'y avait plus de place pour les voitures, les gens venaient à pied.

Il se rendit chez Mathilde, déterminé à tout lui dire. Pourtant, comme elle le regardait fixement, il ressentit un trouble qui le déconcerta, et c'est presque en tremblant qu'il lui tendit les trois lettres.

— Il faut que vous sachiez que mon père ne vous a pas abandonnée, articula-t-il non sans mal. En voici la preuve.

Elle le regardait, stupéfaite. Elle prit les

lettres, les observa, les retourna machinalement et lut ce qu'elle était censée avoir écrit. Ses yeux ne pouvaient se détacher des enveloppes.

— Je vous laisse. Au revoir, mademoiselle. Excusez-moi encore.

Quand il fut sorti de chez Mathilde, Jacques se sentit mal à l'aise. Avait-il raison de réveiller toutes ces vieilles histoires ? Sans doute, il le devait à la mémoire de son père, et enfin elle ne porterait plus sur lui cet étrange regard. Quand il était parti, Mathilde n'avait pas levé les yeux.

Avec le mois d'août, on vit arriver les vacanciers et le bouche à oreille remplit sa fonction. Un peu partout, on parlait du moulin de Marjorie. Une affiche l'annonçait au syndicat d'initiative et l'on pensait déjà pour la prochaine saison à une information plus complète sur les dépliants touristiques régionaux.

De temps à autre, une silhouette, que Jacques avait appris à reconnaître, s'approchait, paraissait hésiter et repartait comme elle était venue.

A partir du 20, les clients se firent moins nombreux. La saison touristique était assez courte dans la région. C'était mieux ainsi, car Marjorie pouvait accoucher d'un jour à l'autre. Le docteur Vialac était prévenu de son désir d'accoucher dans son moulin.

153

Les douleurs se manifestèrent à l'aube du 25 août.

Quelques heures plus tard, l'enfant Raudier vint au monde, dans la pièce principale du vieux moulin.

— Une jolie poupée, aussi belle que sa maman, annonça le docteur.

— Nous l'appellerons Mathilde, dit Marjorie. C'est bien ça, Jacques ?

— Mathilde, oui, Mathilde, dit-il, ému jusqu'aux larmes.

Ainsi naquit Mathilde Raudier, au moulin de Marjorie, hameau de Chante-Perdrix. Quand Georges Peyroux arriva au moulin, il se dirigea vers le berceau, se pencha doucement, et s'approcha de Marjorie, qui lui dit :

— Je te présente notre fille, Mathilde.

— C'est un beau prénom, approuva gravement Georges. Et une belle histoire.

Puis, se tournant vers son gendre :

— Boulanger, tu as du pain sur la planche !

— La boulangerie Peyroux-Raudier ? demanda Jacques.

— Oui, les enfants, oui. Ah ! j'oubliais de vous dire : Mathilde m'a dit qu'elle viendrait vous rendre visite un de ces jours. « Il faut que je les voie tous les deux, mais pour le moment, je ne peux pas », a-t-elle ajouté.

— Eh bien ! qu'elle vienne, nous l'attendons !

154

Vers quinze heures, arrivèrent deux voitures de visiteurs. Jacques se tourna vers Marjorie d'un air interrogatif. Elle répondit simplement :

— Le moulin est ouvert ; seule la visite de l'exposition est momentanément suspendue. Fais tourner le moulin. Il faut bien que Mathilde s'y habitue, autant commencer aujourd'hui...

Alors, la roue commença sa ronde.

A la fin, Jacques annonça la naissance de sa fille aux visiteurs qui le félicitèrent chaleureusement. En s'éloignant, ils parlaient plus doucement, à cause d'une petite fille qui venait de naître dans un moulin de pierres.

Mère et fille allaient si bien que l'infirmière cessa bientôt ses visites. Aussi Jacques et Marjorie furent-ils surpris quand, un matin, on frappa à la porte. C'était Mathilde.

Jacques en resta figé d'étonnement. Mathilde chez lui, il n'y croyait plus.

Elle aussi était tendue, malgré le sourire qu'elle affichait. Après quelques félicitations d'usage, puis un silence, elle dit :

— Je me suis décidée à vous parler, enfin. Depuis que vous m'avez remis les lettres, je vis un calvaire. J'ai passé ma vie à aimer un homme, puis à le haïr. Et je viens de découvrir que votre père, en effet, ne m'avait pas trahie, et qu'il m'aimait autant que je l'aimais. Nous avons été victimes d'une terrible machination. Et de la part de la personne la plus proche de moi, hélas !

Marjorie et Jacques écoutaient, attendaient.

— Antoine m'avait demandé de ne pas lui téléphoner. A force d'attendre de ses nouvelles, car j'avais égaré son adresse, j'ai perdu tout espoir. Ma mère m'avait prévenue : « Il ne t'écrira jamais, ce garçon... » Je me suis résignée. Un jour pourtant, je suis allée à Lyon, peut-être cinq ou six années plus tard. J'ai aperçu Antoine et j'ai su qu'il était marié. Tout était bien fini entre nous.

— Mademoiselle, est-ce que je peux vous demander quelque chose ? dit Jacques.

— Bien sûr, monsieur. Puis-je vous appeler Jacques ? Et je serai Mathilde.

— Il m'est venu un doute sur l'auteur des phrases portées sur ces lettres. Est-ce bien votre écriture ?

Mathilde baissa les yeux.

— Non, non, ce n'est pas moi. Je n'ai jamais reçu le moindre message, c'est là tout le drame ! Les seules lettres d'Antoine que j'ai eues sont celles que vous m'avez apportées.

— Mais alors ?

— Dès que je l'ai su, j'ai pensé à vous rencontrer ; mais c'est si cruel de dénoncer sa mère.

— Votre mère ! s'écria Marjorie.

— Elle retournait les lettres en les signant à ma place. Elle a gâché ma vie. Pardonnez les propos que j'ai eus à l'égard de votre père, Jacques.

Jacques, décontenancé, prit les deux mains de Mathilde et chercha ses yeux.

— Mon père m'a raconté votre histoire, celle de la beauté de vos yeux. Il ne vous a jamais oubliée, il avait enfoui votre nom au fond de son cœur, je puis en témoigner.

Mathilde s'était levée, des larmes coulaient le long de ses joues.

— Sur son lit de mort, ses dernières pensées ont été pour vous et son dernier mot a été votre prénom !

Elle s'agrippait aux revers de la veste de Jacques et des sanglots lui échappaient.

— Il m'a dit qu'il avait aimé une femme aux yeux d'or toute sa vie, une femme si belle, à qui il avait promis d'acheter un moulin ! Oui, Mathilde, il vous a aimée toute sa vie !

— Mon Dieu !

— Grâce à vous, son histoire nous a ramenés ici, à Chante-Perdrix.

— Savez-vous quel est le prénom de notre fille ? demanda Marjorie.

Elle fit un signe négatif de la tête.

— Elle s'appelle Mathilde.

Et cette femme, qui était venue reconnaître la vérité, avait bien du mal à se ressaisir.

— Je ne sais plus quoi vous dire, j'étais si malheureuse depuis que je savais. J'ai souvent eu envie de venir vous parler, mais à quelques pas du moulin, je rebroussais chemin.

— J'aimerais être votre amie, dit Marjorie, et Jacques aussi.

— Mon Dieu, que je suis heureuse d'être venue ! Mais pourquoi avez-vous appelé cette enfant Mathilde ?

— C'est un prénom qui aurait plu à mon père, dit Jacques, en contenant mal une émotion subite.

Puis il ajouta, en s'éloignant un peu :

— J'ai quelque chose pour vous, Mathilde, je ne vous demande qu'un instant.

Ayant trouvé ce qu'il cherchait, il glissa la photo de Mathilde Geneste et d'Antoine Raudier dans une enveloppe et la remit à Mathilde.

— Vous l'ouvrirez chez vous.

Il aurait voulu se sentir plus heureux qu'il ne l'était, mais devant de telles révélations, il était bouleversé.

— Il y avait des roses autrefois près du moulin, dit doucement Mathilde. Si vous vouliez me faire plaisir, vous accepteriez les rosiers que vous allez recevoir.

Elle souriait enfin et, dans ses yeux rougis, Marjorie voyait briller quelques grains d'or.

Dans son berceau, une autre Mathilde réclamait le sein.

Du même auteur :

LA NOISETIÈRE

Albin Michel

LE SOLEIL DE MONÉDIÈRE,
éd. de Borée